계로 들어갔다. 청기사파, 바우하우스 등과 관계를 … 특정 미
술 사조로 분류하기는 어렵다. 1921년 바이마르의 … 프 미술
학교 교수가 되어 1933년까지 독일에 머물렀으나 … 창 진행
되던 시기였다. 급진적인 정치 성향을 가진 클레는 … 직을 박
탈당했고, 100여 점 이상의 작품을 몰수당했다. 그 … 다. 그
의 작품은 구상적인 미술양식과 추상적인 미술양식 … 때문에, 어느 특정 미술 사조에 속한다고 단정지을 수 없다. 클레는 작품에서 엄격한 입방체와 점묘법, 그리고 자유로운 드로잉을 실험했으며, 그가 접했던 모든 미술 사조의 가능성을 탐색했다. 1914년에 그는 동료 화가들인 루이 무아예와 아우구스트 마케와 함께 아프리카 튀니지로 여행을 떠났다. 클레는 여행 중에 느낀 감상을 "색채와 나는 하나가 되었다. 나는 화가다."라고 표현했다. 클레는 일찍부터 음악에 관심이 있었는데, 이는 그의 미술 작품의 형식에 영향을 주었다. 그는 〈빨강의 푸가〉(1921)와 〈a장조 풍경〉(1930) 같은 많은 작품들을 음악적인 구조로 정돈했는데, 마치 악보 위에 음표들을 배열하듯이 색채들을 정확히 배열했다. 저술에는 바우하우스에서 강의한 내용을 모은 『조형사고』(1956) 『일기』(1957)가 있다. 작품수장집은 스위스의 베른미술관 내 클레재단에 약 3,000점이 소장되어 있다. 대표작으로는 〈새의 섬〉 〈항구〉 〈정원 속의 인물〉 〈죽음과 불〉 등이다.

5월 화가 **차일드 하삼**(Frederick Childe Hassam)

1859~1935. 미국의 인상주의 화가. 미국의 도시와 해안을 주로 그렸다. 3,000점이 넘는 그림, 유화, 수채화, 에칭, 석판화 등을 제작했으며 20세기 초 미국에서 가장 영향력 있는 예술가 중 한 명이었다. 그의 아버지는 미술품 및 공동품을 많이 소장한 성공한 사업가이며, 어머니는 미국의 소설가 너새니엘 호손의 후손이다. 어려서부터 미술에 관심이 있었고 드로잉과 수채화에 뛰어났으나 그의 부모는 초기에 그의 재능에 거의 주목하지 않았다. 고등학교를 그만두고 나무조각가로 일했으며 1879년경부터 초기 유화를 만들기 시작했으나 선호하는 장르는 수채화였고 대부분 풍경화였다. 1883년 보스톤의 윌리엄스 에버렛 갤러리에서 열린 첫 개인전에서 수채화를 전시했다. 다음 해, 그의 친구들의 권유로 중간이름 없이, '차일드 하삼'으로 활동했다. 정식 미술 교육을 받지 못했으나, 1886년 프랑스의 줄리앙 아카데미에서 구상적 드로잉과 회화를 공부했으며, 인상주의를 미국 미술계에 알리는 데 중요한 역할을 했다. 1880년대 중반, 하삼은 도시 풍경을 그리기 시작했다. 〈보스턴 커먼의 황혼〉(1885)은 그의 첫 번째 작품이었다. 미국의 미술평론가들의 반응은 냉담했으나 그는 크게 성공했고, 파리에서 생활하며 프랑스 예술가들과 교류하였다. 후기 작품 중에 가장 독특하고 유명한 작품으로는 '깃발 시리즈(Flag Series)'로 알려진 30여 점의 그림이 있다. 1916년 뉴욕 5번가에서 열린 미국의 세계1차대전 참전 퍼레이드에서 영감을 얻어 연작을 만들었다. 그중 〈빗속의 거리〉는, 2009년 재선에 성공한 오바마 미국 대통령이 자신의 집무실을 재정비하면서 걸어놓아 화제가 되었다. 1960년대 미국에서 인상주의 화풍이 부활하기 전까지, 하삼은 '비운의 버려진 천재'로 남았으나, 1970년대에 프랑스의 인상주의 작품들이 천문학적인 가격으로 거래되자, 하삼과 미국의 인상주의학파들은 다시 인기를 얻었다.

열두 개의 달 시화집
봄 필사노트

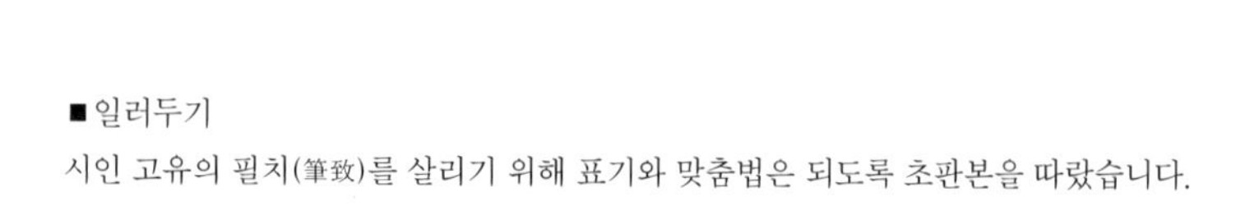

■ 일러두기

시인 고유의 필치(筆致)를 살리기 위해 표기와 맞춤법은 되도록 초판본을 따랐습니다.

열두 개의 달 시화집
봄 필사노트

윤동주 외 33명 글

귀스타브 카유보트·파울 클레·차일드 하삼 그림

저녁달

차례

1장 포근한 봄 졸음이 떠돌아라 with 귀스타브 카유보트

2장 산에는 꽃이 피네 with 파울 클레

3장 다정히도 불어오는 바람 with 차일드 하삼

1장.

포근한 봄 졸음이 떠돌아라

시인 윤동주
백석
김소월
노자영
박용철
박인환
변영로
윤곤강
이상화
이장희
이해문
정지용
허민
에밀리 디킨슨
가가노 지요니
마사오카 시키
마쓰세 세이세이

화가 귀스타브 카유보트

1장에서 함께하는 화가

귀스타브 카유보트Gustave Caillebotte

1848~1894. 프랑스의 인상주의 화가. 프랑스 파리의 부유한 상류층 가정에서 태어났다. 1870년 변호사 시험에 합격했지만 법관이 되기를 포기하고 레옹 보나(Léon Bonnat)의 스튜디오에서 미술공부를 시작했다. 1873년 에콜 데 보자르에 입학했으며, 이듬해 아버지가 돌아가시자 막대한 유산을 상속받아 경제적인 어려움 없이 그림 그리기에만 전념할 수 있었다.

그는 사실주의 화풍을 공부하며 학문으로서 미술을 공부했지만 인상주의 화가들과 어울리며 그들에게서 많은 영향을 받았다. 1875년 〈마루를 깎는 사람들〉을 살롱전에 출품했으나 너무 적나라한 현실감 때문에 심사위원들로부터 거부당했다. 그는 1876년 제2회 인상파 전시회에 이 작품을 출품하고, 이후 몇 차례에 걸쳐 인상파전에 참여하며, 전시를 기획하고 재정적인 지원을 했다. 그가 도움을 주었던 가난한 인상파 화가들은, 마네, 모네, 르느와르, 피사로, 드가, 세잔 등이었다. 그가 소장하고 있던 67점의 인상파 작품을 사후에 프랑스국립미술관에 기증했으나 '주제넘은 기증'에 당황하여 수용 여부를 놓고 한바탕 논란이 있었다는 일화는 유명하다. 그 논란을 계기로 인상파 화가들은 대중에게 널리 알려지게 되었다.

카유보트는 고전적인 규범에서 벗어나 일상적인 파리의 모습을 주제로 그림 그리는 것을 좋아했다. 특히 길 위의 풍경에 관심이 많았던 그는 커다란 도로, 광장, 다리, 그리고 그 위를 걷고 있는 사람들의 모습을 화폭에 담으며 19세기 새롭게 변화하는 파리의 풍경을 재현했다. 그의 작품은 치밀한 화면 구성과 화면을 구성하는 각 요소들 간의 균형, 독특한 구도, 대담한 원근법의 사용 등을 특징으로 한다. 그리고 다른 인상주의 화가들과는 다르게 남성이 작품의 주제로 부상했다.
주요 작품으로는 〈창가의 남자(A Young Man at His Window)〉(1875), 〈마루를 깎는 사람들(The Floor Scrapers)〉(1875), 〈유럽 다리(The Pont du Europe)〉(1876), 〈비 오는 파리 거리(Paris Street, Rainy Day)〉(1877), 〈눈 쌓인 지붕(Rooftops Under Snow)〉(1878), 〈자화상(Self-portrait)〉(1892) 등이 있다.

봄

윤동주

봄이 혈관(血管) 속에 시내처럼 흘러
돌, 돌, 시내 가까운 언덕에
개나리, 진달래, 노오란 배추꽃

삼동(三冬)을 참아온 나는
풀포기처럼 피어난다.

즐거운 종달새야
어느 이랑에서나 즐거웁게 솟쳐라.

푸르른 하늘은
아른아른 높기도 한데……

Thatched Cottage in Trouville
1882

Chrysanthemums in the Garden at Petit - Gennevilliers
1893

봄은 고양이로다

이장희

꽃가루와 같이 부드러운 고양이의 털에
고운 봄의 향기(香氣)가 어리우도다

금방울과 같이 호동그란 고양이의 눈에
미친 봄의 불길이 흐르도다

고요히 다물은 고양이의 입술에
포근한 봄 졸음이 떠돌아라

날카롭게 쭉 뻗은 고양이의 수염에
푸른 봄의 생기(生氣)가 뛰놀아라

Houses in Argenteuil
1883

The Nap
1887

사랑스런 추억(追憶)

윤동주

봄이 오던 아침, 서울 어느 쪼그만 정거장(停車場)에서
희망(希望)과 사랑처럼 기차(汽車)를 기다려,

나는 플랫폼에 간신한 그림자를 떨어뜨리고,
담배를 피웠다.

내 그림자는 담배연기 그림자를 날리고
비둘기 한떼가 부끄러울 것도 없이
나래 속을 속, 속, 햇빛에 비춰, 날았다.
기차(汽車)는 아무 새로운 소식도 없이
나를 멀리 실어다 주어,

봄은 다 가고—동경교외(東京郊外) 어느 조용한
하숙방(下宿房)에서, 옛거리에 남은 나를 희망(希望)과
사랑처럼 그리워한다.

오늘도 기차(汽車)는 몇 번이나 무의미(無意味)하게 지나가고,
오늘도 나는 누구를 기다려 정거장(停車場) 가까운 언덕에서
서성거릴게다.
—아아 젊음은 오래 거기 남아 있거라.

The Pont de Europe Study
1876

Man on a Balcony
1880

봄 비

변영로

나직하고, 그윽하게 부르는 소리 있어,
나아가보니, 아, 나아가보니—
졸음 잔뜩 실은 듯한 젖빛 구름만이
무척이나 가쁜 듯이, 한없이 게으르게
푸른 하늘 위를 거닌다.
아, 잃은 것 없이 서운한 나의 마음!

나직하고, 그윽하게 부르는 소리 있어,
나아가보니, 아, 나아가보니—
아려—ㅁ풋이 나는, 지난날의 회상(回想)같이
떨리는, 뵈지 않는 꽃의 입김만이
그의 향기로운 자탕 안에 자지러지노나!
아, 찔림없이 아픈 나의 가슴!

나직하고, 그윽하게 부르는 소리 있어,
나아가보니, 아, 나아가보니—
이제는 젖빛 구름도 꽃의 입김도 자취 없고
다만 비둘기 발목만 붉히는 은(銀)실 같은 봄비만이
노래도 없이 근심같이 내리노나!
아, 안 올 사람 기다리는 나의 마음!

Paris Street, a Raniy Day
1877

Halévy Street, View from the Sixth Floor
1878

사모(思慕)

노자영

우리 님 가신 남쪽에서는
가느다란 바람이 불어옵니다
행여나 먼 나라 그곳에 가서
울고 있는 우리 님 탄식이 아닐까 하여

우리 님 밟던 풀꽃 위에
새 하얀 이슬이 떨어집니다
행여나 그 님이 오는 날까지
그 눈에 눈물을 담는가 하여

우리 님 보던 나무 뜰에는
옥 같은 달빛이 흘러 내립니다
행여나 그 님이 그 달 아래서
오히려 노래를 부르는 소린가 하여……

Woman at a Dressing Table
1873

Massiv of flowers, Garden of Petit-Gennevilliers
1884

동틀 무렵
북두칠성 적시는
봄의 밀물

마쓰세 세이세이

The Seine at Argenteuil
1892

Woman at the Window
1880

바람과 봄

김소월

봄에 부는 바람, 바람 부는 봄,
작은 가지 흔들리는 부는 봄바람,
내 가슴 흔들리는 바람, 부는 봄,
봄이라 바람이라 이 내 몸에는
꽃이라 술잔(盞)이라 하며 우노라.

Argenteuil Promenade
1883

Rive de la Seine au Petit-Gennevilliers
1888

봄을 흔드는 손이 있어

이해문

마냥 우슴 웃는 처녀 있어
여기 나의 뜰우에 시집 오나니
연방 대지(大地)에 입맞추며 가러 오누나

머리에 쓴 화관(花冠)이 너머 눈부시여
신랑(新郞)인 나는 고만 취(醉)해지고
저기 벌떼 있어 풍악 함께 울리며 온다

짙은 연기를 보며 내 예(禮)의 자리에 서면
아아 봄을 흔드는 손이 있어
나의 가슴은 꿈같이 쓰러질 듯하다

어쩌면 나에게도 고흔 나비가 한 놈
훨훨 날개를 젓고
날러 올 듯도한 봄이기는 한데

Rising Road
1881

The Path in the Garden
1886

물

변영로

지구는 가만이 돈다
호수나 강을 엎지르지 않으려고
물은 그 팔 안에 안겨 있고
하늘은 그 물 안에 잡혀 있다
은(銀)을 붓(注[주])고
그 하늘을 붙잡는
그 물은 무엇일까

The Seine and the Railroad Bridge at Argenteuil
1885~1887

Le Pont D'argenteuil Et La Seine
1883

새로운 길

윤동주

내를 건너서 숲으로
고개를 넘어서 마을로

어제도 가고 오늘도 갈
나의 길 새로운 길

민들레가 피고 까치가 날고
아가씨가 지나고 바람이 일고

나의 길은 언제나 새로운 길
오늘도… 내일도…

내를 건너서 숲으로
고개를 넘어서 마을로

Woods at La Grange
1879

Lilacs and Peonies in Two Vases
1883

밤은 길고

나는 누워서

천 년 후를 생각하네

마사오카 시키

Portrait of Henri Cordier
1883

Landscape with Railway Tracks
1872

산울림

윤동주

까치가 울어서
산울림,
아무도 못들은
산울림.

까치가 들었다,
산울림,
저혼자 들었다,
산울림.

Yerres Valley
1877

Landscape, Banks of the Yerres
1875

어머니의 웃음

이상화

날이 맛도록
온 데로 헤매노라 —
나른한 몸으로도
시들푼 맘으로도
어둔 부엌에,
밥짓는 어머니의
나보고 웃는 빙그레웃음!
내 어려 젖 먹을 때
무릎 위에다,
나를 고이 안고서
늙음조차 모르던
그 웃음을 아직도
보는가 하니
외로움의 조금이
사라지고, 거기서
가는 기쁨이 비로소 온다.

Mademoiselle Boissière Knitting
1877

Yellow and Red Roses in a Crystal Vase
1887

봄 밤

노자영

껴안고 싶도록
부드러운 봄 밤!

혼자보기는 너무도 아까운
눈물나오는 애타는 봄 밤!

창 밑에 고요히 대글거리는
옥빛 달 줄기 잠을 자는데
은은한 웃음에 눈을 감는
살구꽃 그림자 춤을 춘다.
야앵(夜鶯)우는 고운 소리가
밤놀을 타고 날아오리니
행여나 우리 님
그 노래를 타고
이 밤에 한번 아니 오려나!

껴안고 싶도록
부드러운 봄 밤!

우리 님 가슴에 고인 눈물을
네가 가지고 이곳에 왔는가……

아! 혼자 보기는 너무도 아까운
눈물 나오는 애타는 봄 밤!
살구꽃 그림자 우리집 후원에
고요히 나붓기는데
님이여! 이 밤에 한번 오시어
저 꽃을 따서 노래하소서.

The Orange Trees(The Artist's Brother in his Garden)
1878

Petit-Gennevilliers: The South-East Front of the Artist's Studio in the Garden in Spring

봄철의 바다

이장희

저기 고요히 멈춘
기선의 굴뚝에서
가늘은 연기가 흐른다.

엷은 구름과
낮겨운 햇빛은
자장가처럼 정다웁고나.

실바람 물살 지우는 바다 위로
나지막하게 VO——우는
기적의 소리가 들린다.

바다를 향해 기울어진 풀두던에서
어느덧 나는
휘파람 불기에도 피로하였다.

Boat Moored on the Seine at Argenteuil
1884

View of the Seine in the Direction of the Pont de Bezons
1892

고방

백석

낡은 질동이에는 갈 줄 모르는 늙은 집난이같이 송구떡이 오래도록 남어 있었다

오지항아리에는 삼촌이 밥보다 좋아하는 찹쌀탁주가 있어서 삼촌의 임내를 내어가며 나와 사춘은 시큼털털한 술을 잘도 채어 먹었다

제삿날이면 귀머거리 할아버지 가에서 왕밤을 밝고 싸리꼬치에 두부산적을 께었다

손자 아이들이 파리떼같이 모이면 곰의 발 같은 손을 언제나 내어둘렀다

구석의 나무말쿠지에 할아버지가 삼는 소신 같은 짚신이 둑둑이 걸리어도 있었다

녯말이 사는 컴컴한 고방의 쌀독 뒤에서 나는 저녁 끼 때에 부르는 소리를 듣고도 못 들은 척하였다

Fruit Displayed on a Stand
1881

Loaded Haycart
1878

포플라

윤곤강

별까지 꿈을 뻗친
야윈 손길
치솟고 싶은 마음
올라가도 올라가도
찾는 하눌 손에
잡히지 않아 슬퍼라

Field by the Sea
1882

Man at the Window
1875

종달새

윤동주

종달새는 이른 봄날
질디진 거리의 뒷골목이
싫더라.
명랑한 봄하늘
가벼운 두 나래를 펴서
요염한 봄노래가
좋더라.
그러나,
오늘도 구멍 뚫린 구두를 끌고
훌렁훌렁 뒷거리길로
고기새끼 같은 나는 헤매나니,
나래와 노래가 없음인가,
가슴이 답답하구나.

Flower Bed, Petit-Gennevilliers Garden
1881~1882

Portrait of a Man
1880

고백

윤곤강

꽃가루처럼
보드라운 숨결이로다

그 숨결에
시들은 내 가슴의 꽃동산에도
화려한 봄 향내가
아지랑이처럼 어리우도다

금방울처럼
호동그란 눈알이로다

그 눈알에
굶주린 내 청춘의 황금 촛불이
유황(硫黃)처럼 활활 타오르도다

얼싸안고
몸부림이라도 쳐볼까
하늘보다도 높고
바다보다도 더 넓은 기쁨

오오!
하늘로 솟을까 보다

땅 속으로 숨을까 보다

주정꾼처럼, 미친놈처럼…

Woman Seated on the Lawn
1874

Bouquet of Roses in a Christal Vase
1883

부슬비

허민

부슬부슬 부슬비 꽃 보려 오오
잔디밭 핀 풀잎에 잠자러 오오
버들가지 나 보고 웃고 있으니
소리 좋은 노래를 들으라 하오

부슬부슬 부슬비 나려 오시니
꼬슬머리 여(女)애가 맞이합니다
단잠 깨는 어린애 하품하는데
부슬부슬 부슬비 어여쁜 걸음

할미꽃 진달래꽃 기도 드리고
나비들 추는 춤도 조용도 하며
황토산의 뻐꾹새 철을 알리니
부슬부슬 부슬비 나려 옵니다

The Yerres Rain
1875

Rue De Paris, Jour De Pluie(étude)
1877

연애

박용철

어젯날이 채 가지도 않아
또 새로운 날이 부챗살을 피는 나라 오—로—라

언덕에는 꽃이 가득히 피고
새들은 수없이 가지에서 노래한다

Portrait of a Schoolboy
1879

Le Pont de L'Europe
1881~1882

널빤지에서 널빤지로

에밀리 디킨슨

널빤지에서 널빤지로 난 걸었네.
천천히 조심스럽게
바로 머리맡에는 별
발밑엔 바다가 있는 것같이.

난 몰랐네—다음 걸음이
내 마지막 걸음이 될는지—
어떤 이는 경험이라고 말하지만
도무지 불안한 내 걸음걸이.

The Boulevard Viewed from Above
1880

Man on a Balcony Boulevard Haussmann
1880

봄으로 가자

허민

한 잎 두 잎 꽃잎이 열리는 맘
인생아 꿈 깨어서 봄으로 가자
저 언덕 오신 뜻은 웃음을 주려
겨울의 눈물길을 밟고 옴이라

희망의 나래 접고 앉았지 말고
너 나도 할 것 없이 봄으로 가자
지나간 한숨 넋을 뒤풀이 말고
기쁨의 봄 청춘을 아듬어 보자

봄이라는 청춘에 노래를 싣고
인생의 언덕에서 맞이를 하자
하품 나는 길에서 괴롭지 말고
가슴의 인생 꽃을 활짝 피우자

Yellow Roses in a Vase
1882

The Park on the Caillebotte Property at Yerres
1875

손으로 꺾는 이에게
향기를 주는
매화꽃

가가노 지요니

Flowerbed of Daisies
1893

The Gardener
1877

이적(異蹟)

윤동주

발에 터부한 것을 다 빼어 버리고
황혼이 호수 위로 걸어오듯이
나도 사뿐사뿐 걸어보리이까?

내사 이 호수가로
부르는 이 없이
불리워 온 것은
참말 이적(異蹟)이외다.

오늘따라
연정(戀情), 자홀(自惚), 시기(猜忌), 이것들이
자꾸 금메달처럼 만져지는구려

하나, 내 모든 것을 여념(餘念) 없이
물결에 씻어 보내려니
당신은 호면(湖面)으로 나를 불러내소서.

Richard Gallo and his Dog at Petit Gennevilliers
1884

Villas at Trouville
1884

유언(遺言)

윤동주

후어-ㄴ한 방(房)에
유언(遺言)은 소리 없는 입놀림.

　바다에 진주(眞珠)캐러 갔다는 아들
　해녀(海女)와 사랑을 속삭인다는 맏아들
　이 밤에사 돌아오나 내다 봐라—

평생(平生) 외롭든 아버지의 운명(殞命)
감기우는 눈에 슬픔이 어린다.

외딴집에 개가 짖고
휘양찬 달이 문살에 흐르는 밤.

Portrait of a Man
1881

On the Pont de L'Europe
1876~1877

어머니

윤동주

어머니!
젖을 빨려 이 마음을 달래어 주시오.
이 밤이 자꾸 설워지나이다.

이 아이는 턱에 수염자리 잡히도록
무엇을 먹고 자랐나이까?
오늘도 흰 주먹이
입에 그대로 물려 있나이다.

어머니
부서진 납인형도 슬혀진 지
벌써 오랩니다.

철비가 후누주군이 나리는 이 밤을
주먹이나 빨면서 새우리까?
어머니! 그 어진 손으로
이 울음을 달래어 주시오.

Yerres, Camille Daurelle under an Oak Tree
1871~1878

The Yerres, Effect of Ligh
1871~1878

구름

박인환

어린 생각이 부서진 하늘에
어머니 구름 적은 구름들이
사나운 바람을 벗어난다.

밤비는
구름의 층계를 뛰어내려
우리에게 봄을 알려주고
모든 것이 생명을 찾았을 때
달빛은 구름 사이로
지상의 행복을 빌어주었다.

새벽 문을 여니
안개보다 따스한 호흡으로
나를 안아주던 구름이여

시간은 흘러가
네 모습은 또다시 하늘에
어느 곳에서도 바라볼 수 있는

우리의 전형
서로 손잡고 모이면
크게 한몸이 되어

산다는 괴로움으로 흘러가는 구름

그러나 자유 속에서

아름다운 석양 옆에서

헤매는 것이

얼마나 좋으니

The Plain of Gennevilliers, Yellow Fields
1884

Yerres, From the Exedra, the Porch of the Family Home
1875

2장.

산에는 꽃이 피네

시인 윤동주
김소월
김억
김영랑
방정환
윤곤강
오일도
이장희
장정심
정지용
조명희
한용운
가가노 지요니
고바야시 잇사
다카이 기토
마쓰오 바쇼
아리와라노 나리히라

화가 파울 클레

2장에서 함께하는 화가

파울 클레Paul Klee

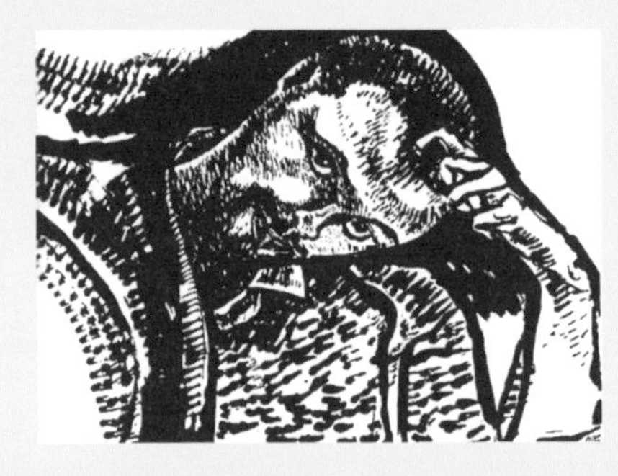

1879~1940. 독일 화가. 현대 추상회화의 시조. 베른 근처 뮌헨부흐제 출생. 어려서부터 회화와 음악에 뛰어난 재능을 보였으며 바이올린 연주에 뛰어났다. 21세에 회화를 선택한 후에도 W. R.바그너와 R.슈트라우스, W. A.모차르트의 곡들에 심취하여 그들로부터 많은 영향을 받았다. 1898~1901년 독일의 뮌헨에서 세기 말의 화가 F. 슈투크에게 사사하기도 하였다. 1911년 칸딘스키, F. 마르크, A. 마케와 사귀고, 이듬해 1912년의 '청기사' 제2회전에 참가하였으나 1914년 튀니스 여행을 계기로 색채에 눈을 떠 새로운 창조세계로 들어갔다.

청기사파, 바우하우스 등과 관계를 맺었으나 독자적인 노선을 걸었기 때문에 특정 미술 사조로 분류하기는 어렵다. 1921년 바이마르의 바우하우스 교수가 되었고, 후에 뒤셀도르프 미술학교 교수가 되어 1933년까지 독일에 머물렀으나 독일에서는 나치스에 의한 예술탄압이 한창 진행되던 시기였다. 급진적인 정치 성향을 가진 클레는 나치가 정권을 잡은 후 바우하우스의 교수직을 박탈당했고, 100여 점 이상의 작품을 몰수당했다. 그러자 독일에 환멸을 느끼고 스위스로 돌아갔다.

그의 작품은 구상적인 미술양식과 추상적인 미술양식 모두를 따르고 있기 때문에, 어느 특정 미술 사조에 속한다고 단정지을 수 없다. 클레는 작품에서 엄격한 입방체와 점묘법, 그리고 자유로운 드로잉을 실험했으며, 그가 접했던 모든 미술 사조의 가능성을 탐색했다. 1914년에 그는 동료 화가들인 루이 무아예와 아우구스트 마케와 함께 아프리카 튀니지로 여행을 떠났다. 클레는 여행 중에 느낀 감상을 "색채와 나는 하나가 되었다. 나는 화가다."라고 표현했다. 클레는 일찍부터 음악에 관심이 있었는데, 이는 그의 미술 작품의 형식에 영향을 주었다. 그는 〈빨강의 푸가〉(1921)와 〈a장조 풍경〉(1930) 같은 많은 작품들을 음악적인 구조로 정돈했는데, 마치 악보 위에 음표들을 배열하듯이 색채들을 정확히 배열했다.

저술에는 바우하우스에서 강의한 내용을 모은 『조형사고(造形思考, Das bildnerische Denken)』(1956) 『일기(Tagebücher)』(1957)가 있다. 작품수장집은 스위스의 베른미술관 내 클레재단에 약 3,000점이 소장되어 있다. 대표작으로는 〈새의 섬〉 〈항구〉 〈정원 속의 인물〉 〈죽음과 불〉 등이다.

벚꽃잎이여
하늘도 흐려지게
흩날려 다오
늙음이 찾아오는
길 잃어버리게

아리와라노 나리히라

Park Bei Lu
1938

Archangel
1938

청양사

장정심

옛 정이 그립다고
절간을 찾아오니
불빛에 향기 쌓여
바람도 맑을시고
봄곡조 음을 맞혀
웃음 섞여 노래했소

Angel Still Feminine
1939

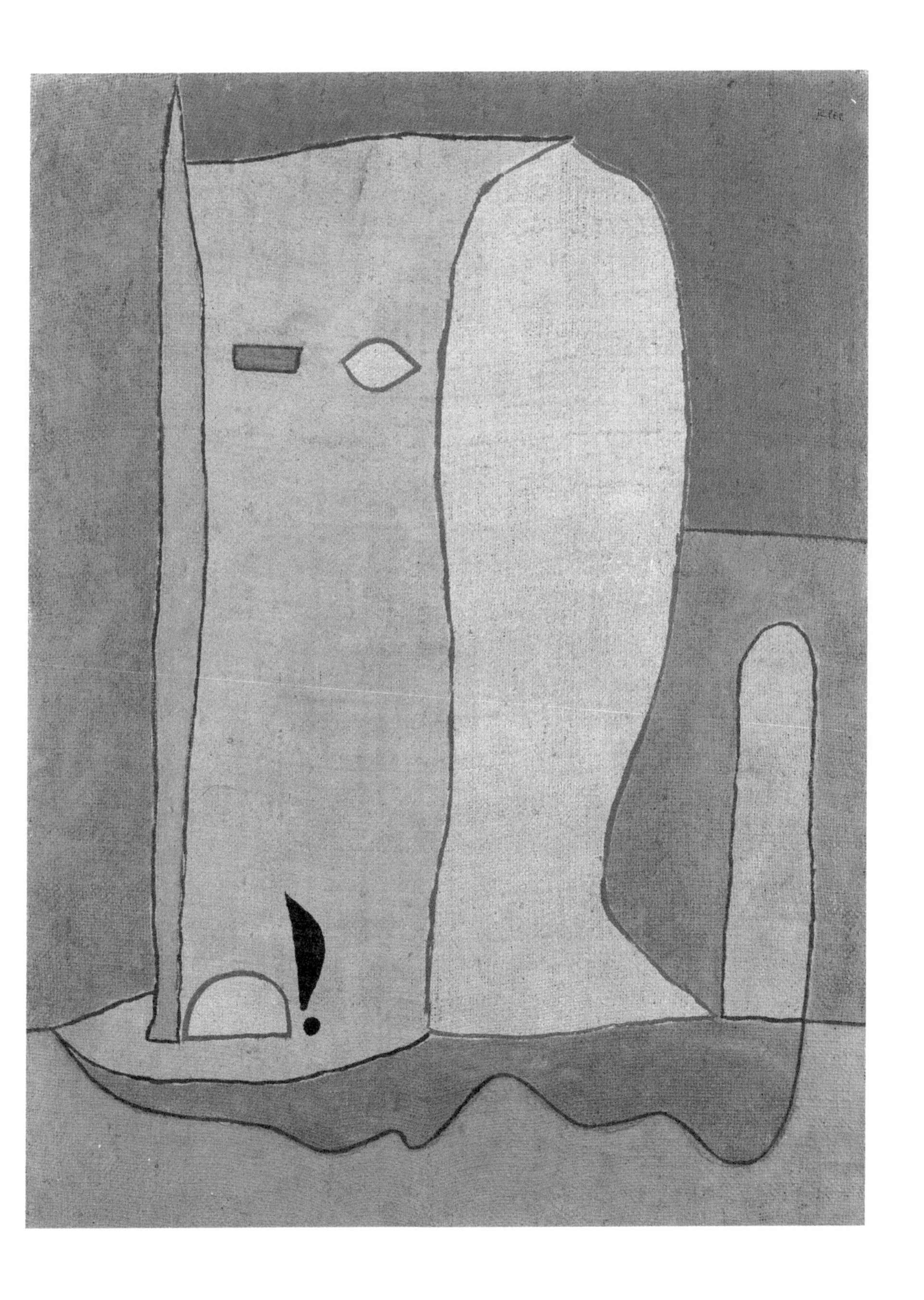

Garden Figure
1932

끝없는 강물이 흐르네

김영랑

내 마음의 어딘 듯 한 편에 끝없는
강물이 흐르네.
돋쳐 오르는 아침 날빛이 빤질한
은결을 돋우네.
가슴엔 듯 눈엔 듯 또 핏줄엔 듯

마음이 도른도른 숨어 있는 곳
내 마음의 어딘 듯 한 편에 끝없는
강물이 흐르네.

Heroic Strokes of the Bow
1938

High Guardian
1940

산유화

김소월

산에는 꽃 피네
꽃이 피네
갈 봄 여름 없이
꽃이 피네.

산(山)에
산(山)에
피는 꽃은
저만치 혼자서 피어 있네.

산에서 우는 작은 새여
꽃이 좋아
산에서
사노라네.

산에는 꽃이 지네
꽃이 지네
갈 봄 여름 없이
꽃이 지네.

The Balloon In The Window
1929

The Idea of Firs
1879

사랑의 전당

윤동주

순(順)아 너는 내 전(殿)에 언제 들어갔던 것이냐?
내사 언제 네 전(殿)에 들어갔던 것이냐?

우리들의 전당(殿堂)은
고풍(古風)한 풍습(風習)이 어린 사랑의 전당(殿堂)

순(順)아 암사슴처럼 수정(水晶)눈을 내려 감아라.
난 사자처럼 엉클린 머리를 고르련다.

우리들의 사랑은 한낱 벙어리였다.

성(聖)스런 촛대에 열(熱)한 불이 꺼지기 전(前)
순(順)아 너는 앞문으로 내달려라.

어둠과 바람이 우리 창(窓)에 부닥치기 전(前)
나는 영원(永遠)한 사랑을 안은 채
뒷문으로 멀리 사라지련다.

이제
네게는 삼림(森林) 속의 아늑한 호수(湖水)가 있고,
내게는 준험(峻險)한 산맥(山脈)이 있다.

Cliffs by the Sea
1931

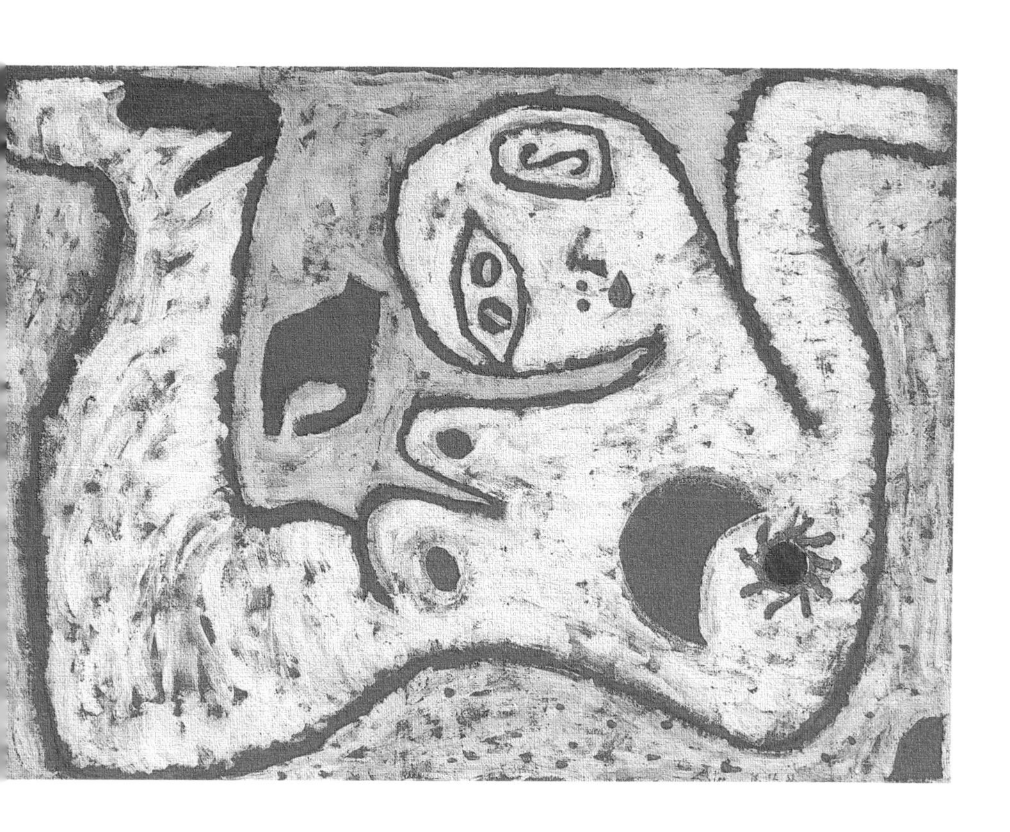

A Woman for Gods
1938

돌담에 속삭이는 햇발

김영랑

돌담에 속삭이는 햇발같이
풀 아래 웃음 짓는 샘물같이
내 마음 고요히 고운 봄길 위에
오늘 하루 하늘을 우러르고 싶다

새악시 볼에 떠오는 부끄럼같이
시의 가슴 살포시 젖는 물결같이
보드레한 에메랄드 얇게 흐르는
실비단 하늘을 바라보고 싶다

Magical Garden
1926

Untitled(Last Still Life)
1940

산골물

윤동주

괴로운 사람아 괴로운 사람아
옷자락 물결 속에서도
가슴 속 깊이 돌돌 샘물이 흘러
이 밤을 더불어 말할 이 없도다.
거리의 소음과 노래 부를 수 없도다.
그신 듯이 냇가에 앉았으니
사랑과 일을 거리에 맡기고
가만히 가만히
바다로 가자,
바다로 가자.

Park
1920

Conquest of the Mountain
1939

꿈밭에 봄 마음

김영랑

구비진 돌담을 돌아서 돌아서
달이 흐른다 놀이 흐른다
하이얀 그림자
은실을 즈르르 몰아서
꿈밭에 봄마음 가고 가고 또 간다

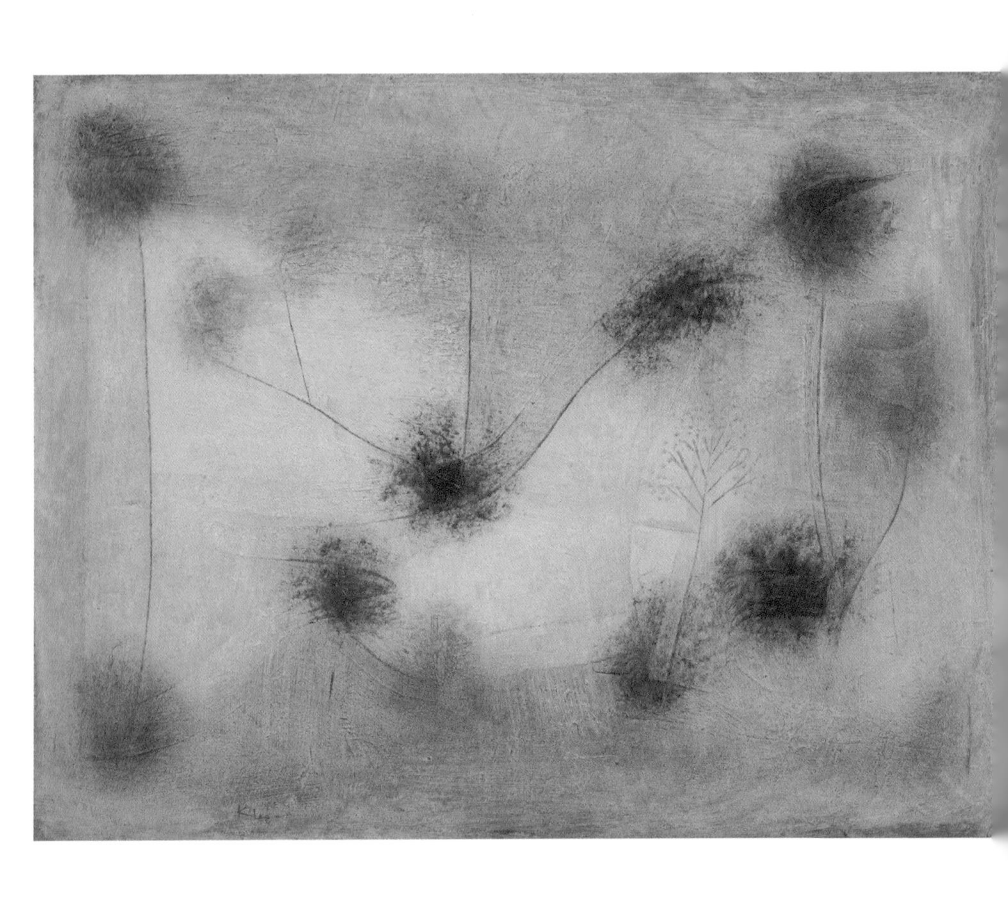

Hardy Plants
1934

Garten im Orient
1937

꽃그늘 아래선
생판 남인 사람
아무도 없네

고바야시 잇사

Heroic Roses
1938

Woman Leaning Back
1929

그 노래

장정심

시보다 더 고운 노래
꽃보다 더 고운 노래
물결이 헤어지듯이
가만한 노래가 듣고 싶소

들도록 더 듣고 싶은 그 노래
이제는 도무지 들을 수 없으니
어디로 가면은 들려 주려오
맑고도 곱고도 다정한 그 노래

병상에 와서도 위로해 주고
고적할 그때도 불러 주고
분주한 그 날에 도와주든
고상하고 다정한 그 노래

침묵의 벗 노래의 벗
그보다 미소의 벗이여
봄에 오려오 가을에 오려오
꿈에라도 그 노래 다시 들려주시오

Evening Figure
1935

Signs In Yellow
1937

소리 나지 않으면
그것으로 작별인가
고양이 사랑

가가노 지요니

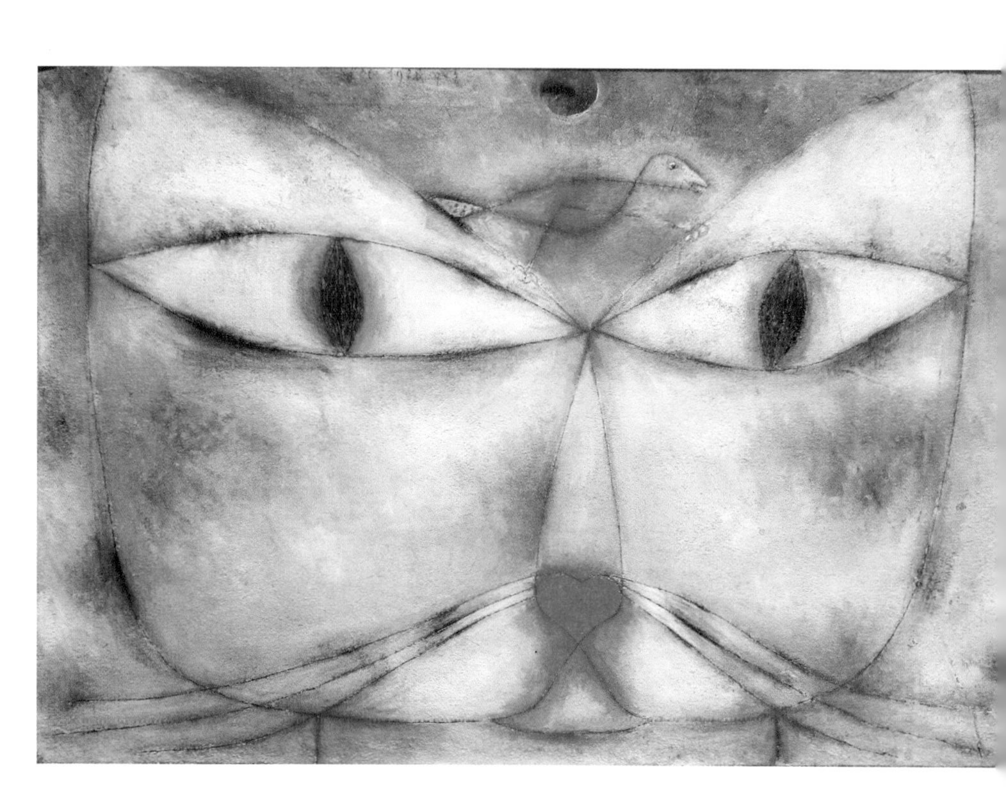

Cat and Bird
1928

Fish Magic
1925

돌팔매

오일도

온종일 바닷가에 나와
걸으며 사색(思索)하며 바다를 바라보아도
내 마음 풀 길 없으매
드디어 나는 돌 한 개 집어
물 위에 핑 던졌다.

바다는 윤(輪)을 그린다

Blue Bird Pumpkin
1939

Still Life
1924

공상

윤동주

공상—
내 마음의 탑
나는 말없이 이 탑을 쌓고 있다,
명예와 허영의 천공에다,
무너질 줄도 모르고
한 층 두 층 높이 쌓는다.

무한한 나의 공상—
그것은 내 마음의 바다,
나는 두 팔을 펼쳐서,
나의 바다에서
자유로이 헤엄친다.
황금 지욕(知慾)의 수평선을 향하여.

Swiss Glance of a Landscape
1926

Room Architecture with the Yellow Pyramid Cold Warm
1915

봄은 간다

김억

밤이도다
봄이도다

밤만도 애닯은데
봄만도 생각인데

날은 빠르다
봄은 간다

깊은 생각은 아득이는데
저 바람에 새가 슬피운다

검은 내 떠돈다
종소리 빗긴다

말도 없는 밤의 설움
소리 없는 봄의 가슴

꽃은 떨어진다
님은 탄식한다

Full Moon
1919

The Lamb
1920

인쇄물 위에
문진 눌러놓은 가게
봄바람 불고

다카이 기토

Revolution of the Viaduct
1937

Mannequin
1940

양지쪽

윤동주

저쪽으로 황토 실은 이 땅 봄바람이
호인(胡人)의 물레바퀴처럼 돌아 지나고
아롱진 사월 태양의 손길이
벽을 등진 섧은 가슴마다 올올이 만진다.

지도째기 놀음에 뉘 땅인 줄 모르는 애 둘이
한 뼘 손가락이 짧음을 한(恨)함이여

아서라! 가뜩이나 엷은 평화가
깨어질까 근심스럽다.

Heisser Ort
1933

Cemetery Building
1913

고양이의 꿈

이장희

시내 위에 돌다리
달 아래 버드나무
봄안개 어리인 시냇가에, 푸른 고양이
곱다랗게 단장하고 빗겨 있소, 울고 있소.
기름진 꼬리를 치들고
밝은 애달픈 노래를 부르지요.
푸른 고양이는 물오른 버드나무에 스르를 올라가
버들가지를 안고 버들가지를 흔들며
또 목놓아 웁니다, 노래를 부릅니다.

멀리서 검은 그림자가 움직이고,
칼날이 은같이 번쩍이더니,
푸른 고양이도 볼 수 없고,
꽃다운 소리도 들을 수 없고,
그저 쓸쓸한 모래 위에 선혈이 흘러 있소.

Twittering Machine
1880

Rose Garden
1920

해바라기씨

정지용

해바라기 씨를 심자.
담모퉁이 참새 눈 숨기고
해바라기 씨를 심자.

누나가 손으로 다지고 나면
바둑이가 앞발로 다지고
괭이가 꼬리로 다진다.

우리가 눈 감고 한밤 자고 나면
이실이 나려와 가치 자고 가고,

우리가 이웃에 간 동안에
해ㅅ빛이 입 마추고 가고,

해바라기는 첫시약시인데
사흘이 지나도 부끄러워
고개를 아니 든다.

가만히 엿보러 왔다가
소리를 깩! 지르고 간놈이 ——
오오, 사철나무 잎에 숨은
청개고리 고놈이다.

Gardens in the South
1936

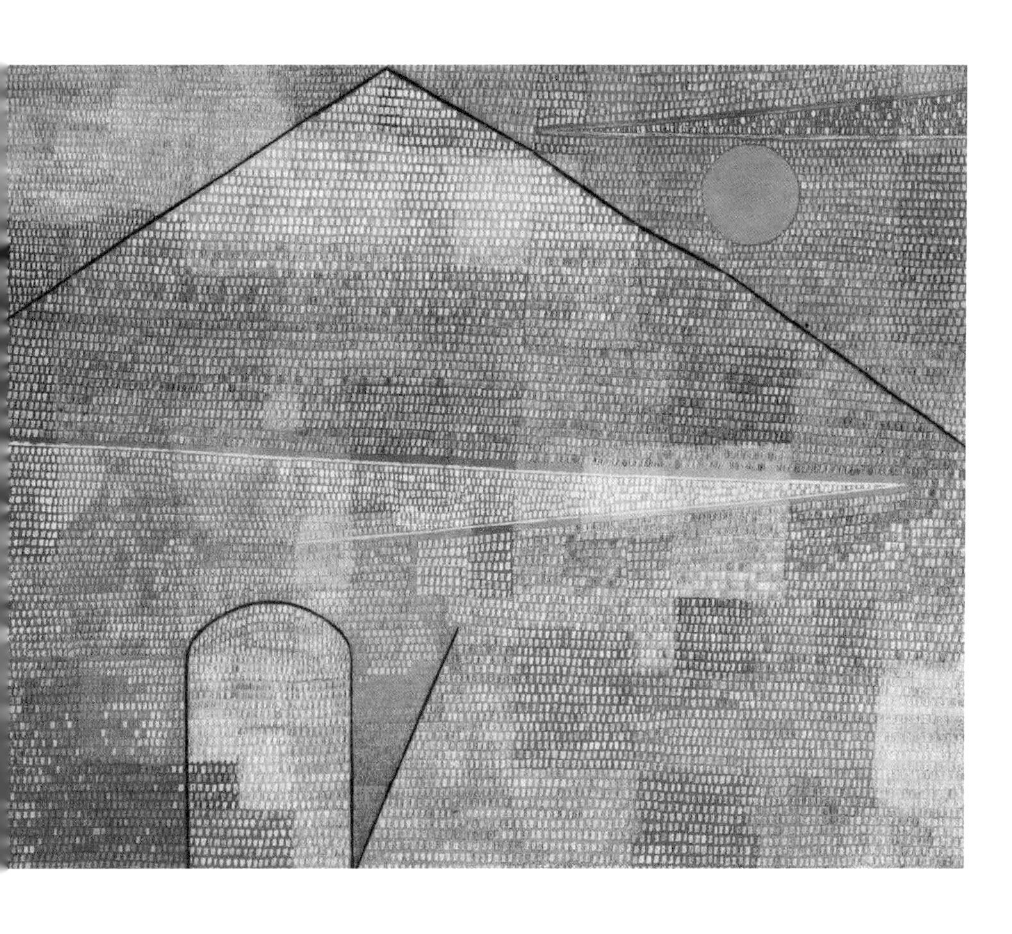

To the Parnassus
1932

위로(慰勞)

윤동주

거미란 놈이 흉한 심보로 병원(病院) 뒤뜰 난간과 꽃밭 사이
사람 발이 잘 닿지 않는 곳에 그물을 쳐 놓았다. 옥외(屋外)
요양(療養)을 받는 젊은 사나이가 누워서 치어다 보기 바르게—

나비가 한 마리 꽃밭에 날아들다 그물에 걸리었다. 노—란
날개를 파득거려도 파득거려도 나비는 자꾸 감기우기만 한다.
거미가 쏜살같이 가더니 끝없는 끝없는 실을 뽑아 나비의 온몸을
감아버린다. 사나이는 긴 한숨을 쉬었다.

나이(歲)보담 무수한 고생끝에 때를 잃고 병(病)을 얻은 이 사나이를
위로(慰勞)할 말이— 거미줄을 헝클어버리는 것밖에 위로(慰勞)의
말이 없었다.

Athlete's Head
1932

Oh! These Rumors!
1939

오줌싸개 지도

윤동주

빨랫줄에 걸어 논
요에다 그린 지도는
지난밤에 내 동생
오줌싸 그린 지도

꿈에 가본 엄마 계신
별나라 지돈가?
돈벌러간 아빠 계신
만주땅 지돈가?

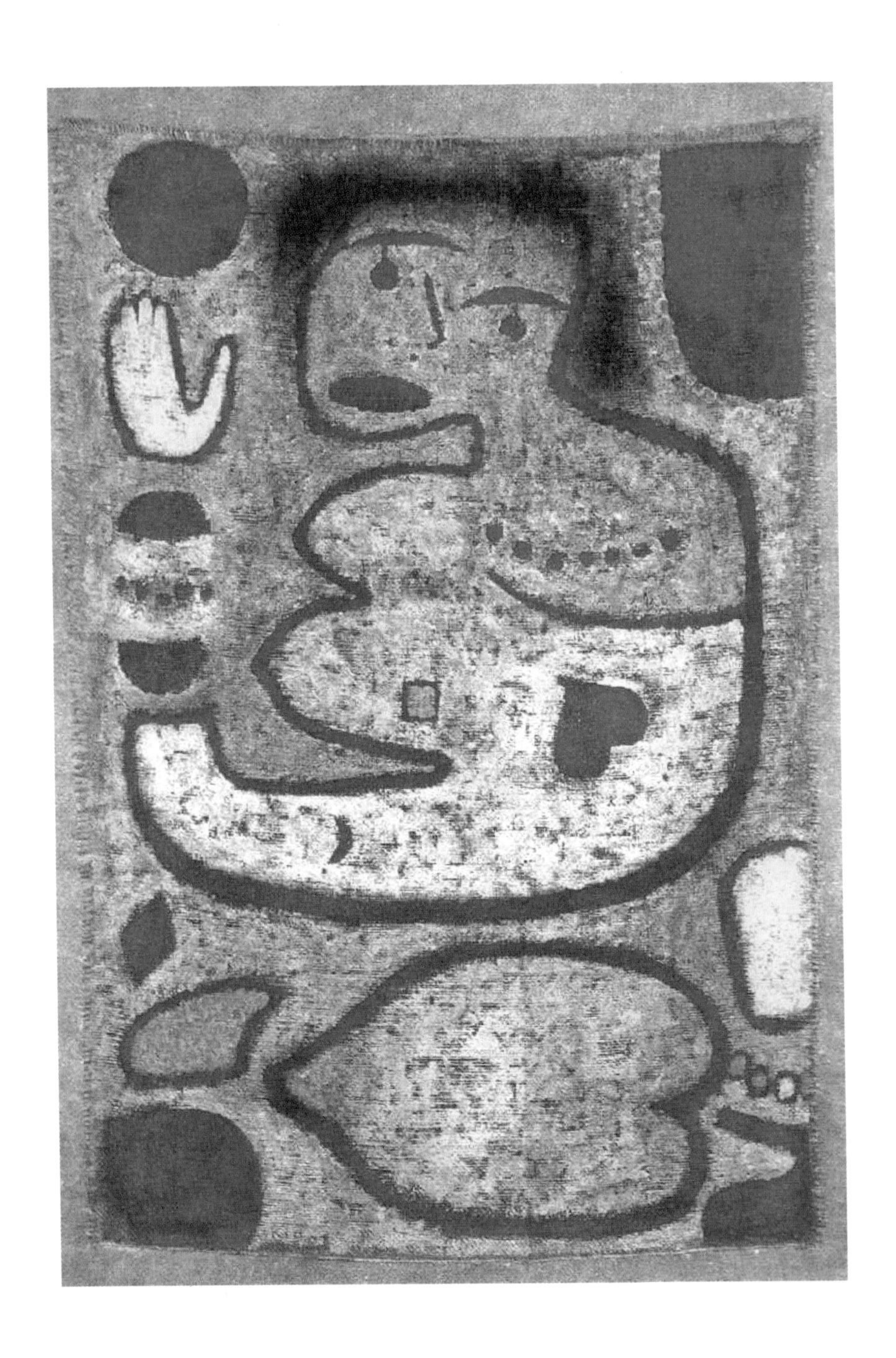

Love Song by the New Moon
1939

Angel Militant
1940

애기의 새벽

윤동주

우리집에는
닭도 없단다.
다만
애기가 젖달라 울어서
새벽이 된다.

우리집에는
시계도 없단다.
다만
애기가 젖달라 보채어
새벽이 된다.

Rhythmically
1930

Fright of a Girl
1922

형제(兄弟)별

방정환

날 저무는 하늘에
별이 삼형제
반짝반짝
정답게 지내더니,
웬일인지 별 하나
보이지 않고,
남은 별이 둘이서
눈물 흘린다.

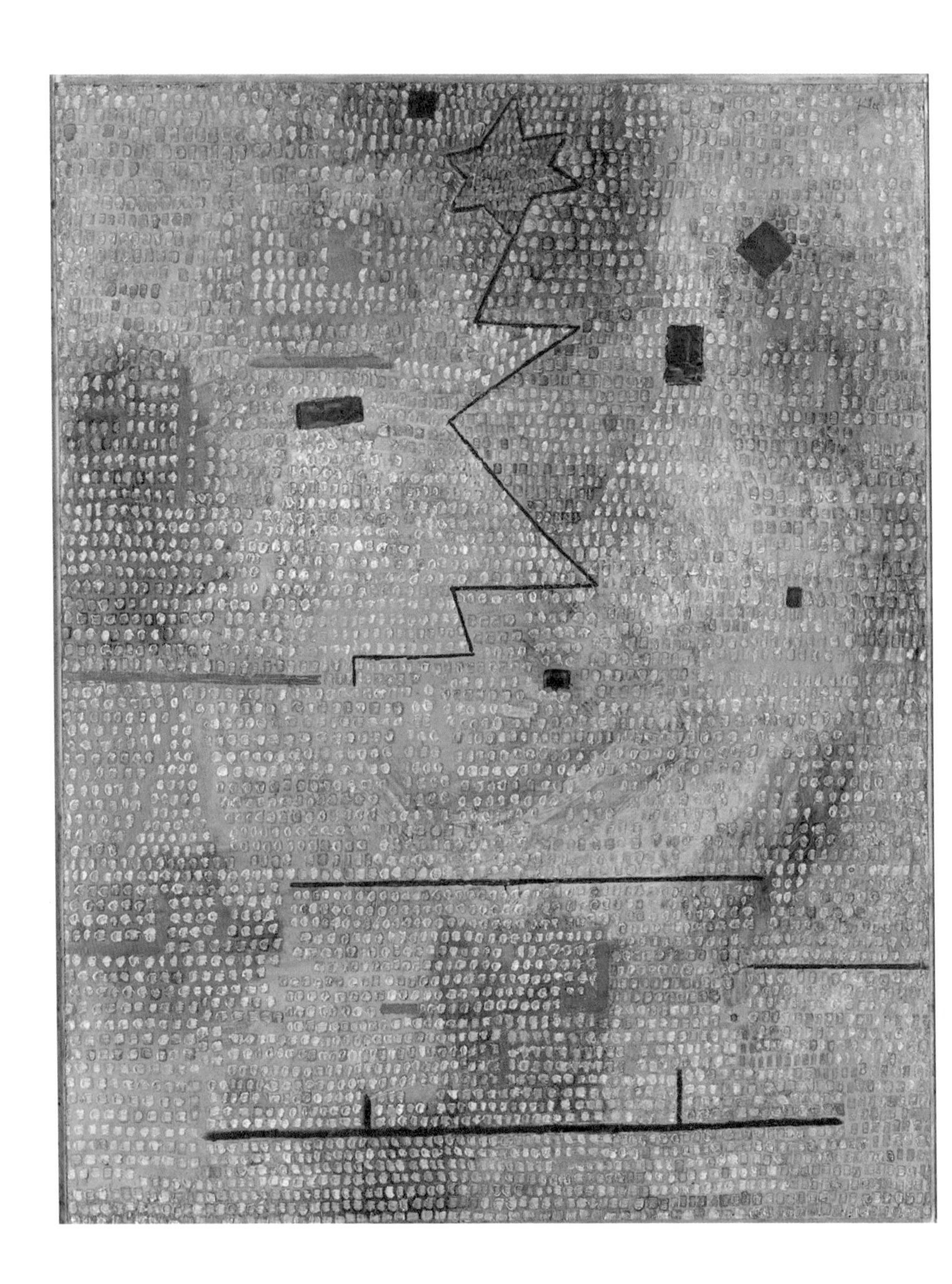

Rising Star
1923

View into the Fertile Country
1932

두 사람의 생
그 사이에 피어난
벚꽃이어라

마쓰오 바쇼

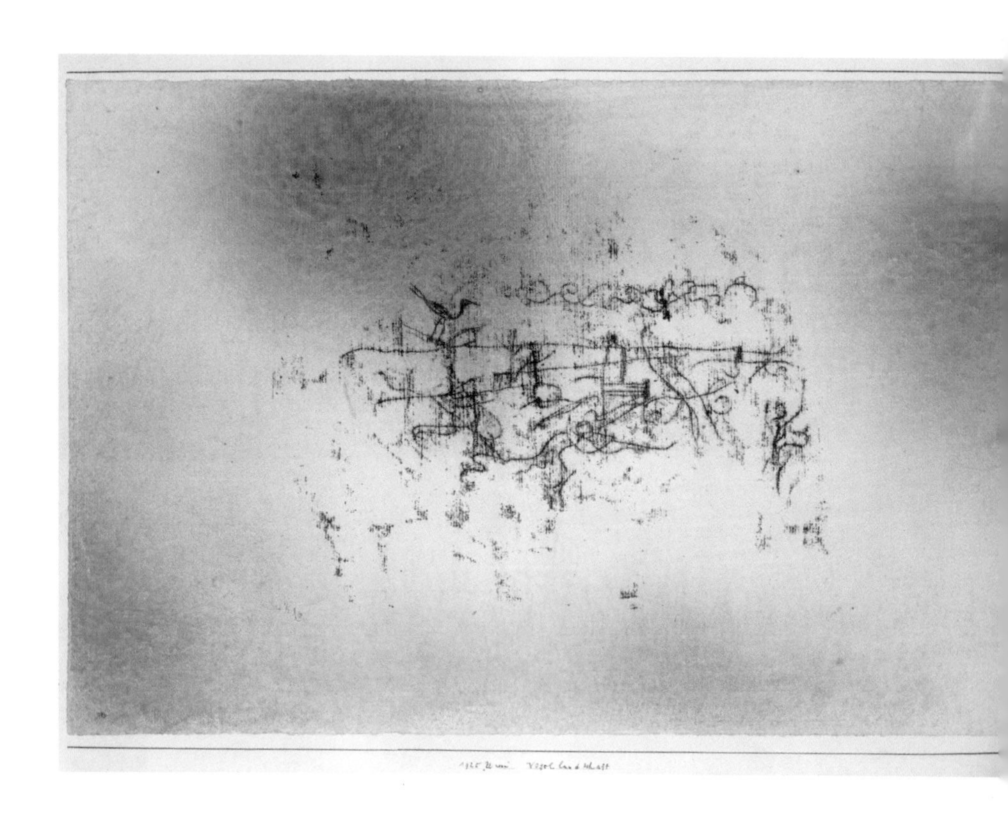

Bird Landscape
1925

View towards the Port of Hammamet
1914

꽃이 먼저 알아

한용운

옛 집을 떠나서 다른 시골의 봄을 만났습니다.
꿈은 이따금 봄바람을 따라서 아득한 옛터에 이릅니다.
지팡이는 푸르고 푸른 풀빛에 묻혀서, 그림자와 서로 다릅니다.

길가에서 이름도 모르는 꽃을 보고서,
행여 근심을 잊을까 하고 앉아 보았습니다.
꽃송이에는 아침 이슬이 아직 마르지 아니한가 하였더니,
아아, 나의 눈물이 떨어진 줄이야 꽃이 먼저 알았습니다.

Sparse Foliage
1934

Promontorio Ph
1933

봄 2

윤동주

우리 애기는
아래 발추에서 코올코올

고양이는
부뚜막에서 가릉가릉

애기 바람이
나뭇가지에 소올소올

아저씨 햇님이
하늘 한가운데서 째앵째앵

Magdalena before the Conversion
1938

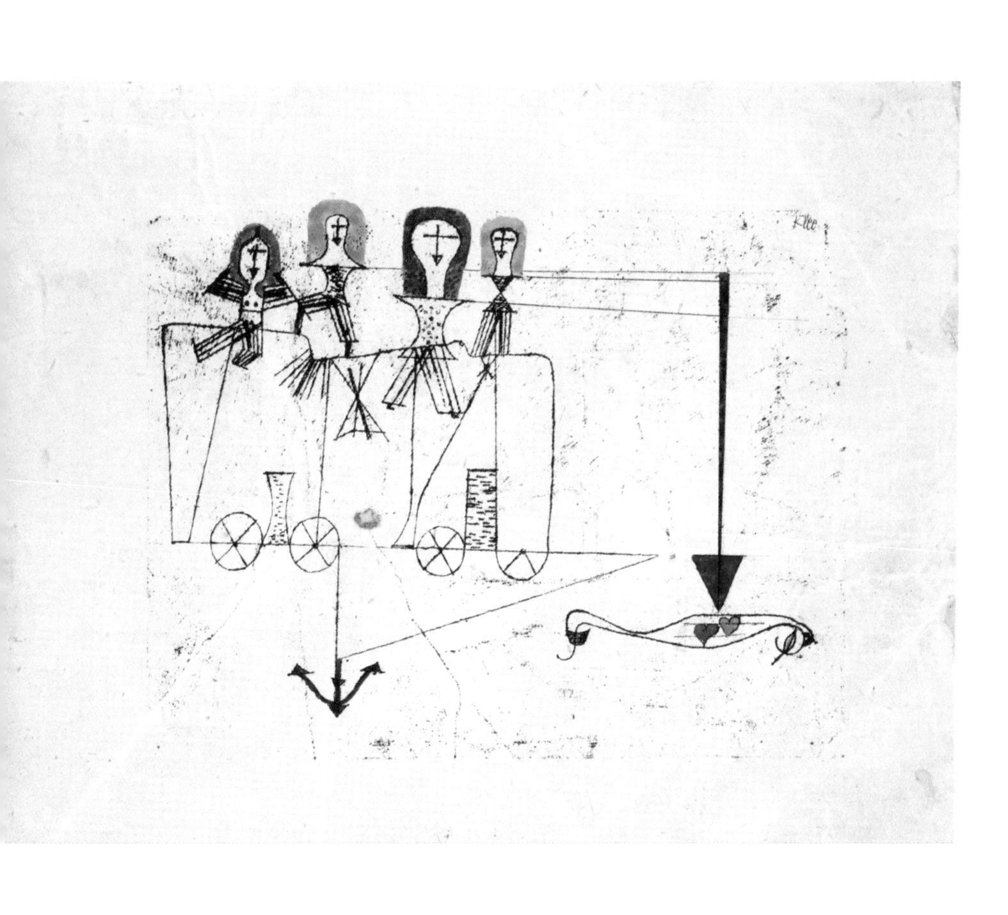

The Virtue Wagon(To the Memory of October 5)
1922

새 봄

조명희

볕발이 따스거늘
양지(陽地)쪽 마루 끝에
나어린 처녀(處女) 세음으로
두 다리 쭉 뻗고 걸터앉아
생각에 끄을리어 조을던 마음이
얄궂게도 쪼이는 볕발에 갑자기 놀라
행여나 봄인가 하고
반가운 듯 두려운 듯.

그럴 때에 좋을세라고
낙숫물 소리는 새 봄에 장단 같고,
녹다 남은 지붕 마루터기 눈이
땅의 마음을 녹여 내리는 듯,
다정(多情)도 하이 저 하늘빛이여
다시금 웃는 듯 어리운 듯,
"아아, 과연 봄이로구나!" 생각하올 제
이 가슴은 봄을 안고 갈 곳 몰라라.

Wi in a Memory
1938

Still Life with Dice
1923

달밤

윤곤강

담을 끼고 돌아가면
하늘엔 하이얀 달

그림자 같은 초가 들창엔
감빛 등불이 켜지고

밤안개 속 버드나무 수풀
멀리 빛나는 둠벙

어디선지 염소 우는 소리
또, 물 흘러가는 소리…

달빛은 나의 두 어깨 위에
물처럼 여울이 흘렀다

Villa R
1919

Red Balloon
1922

저녁

이장희

버들가지에 내 끼이고,
물 위에 나르는 제비는
어느덧 그림자를 감추었다.

그윽히 빛나는 냇물은
가는 풀을 흔들며 흐르고 있다.
무엇인지 모르는 말 중얼거리며 흐르고 있다.

누군지 다리 위에 망연히 섰다.
검은 그 양자 그리웁고나.
그도 나같이 이 저녁을 쓸쓸히 지내는가.

Likeness in the Bower
1930

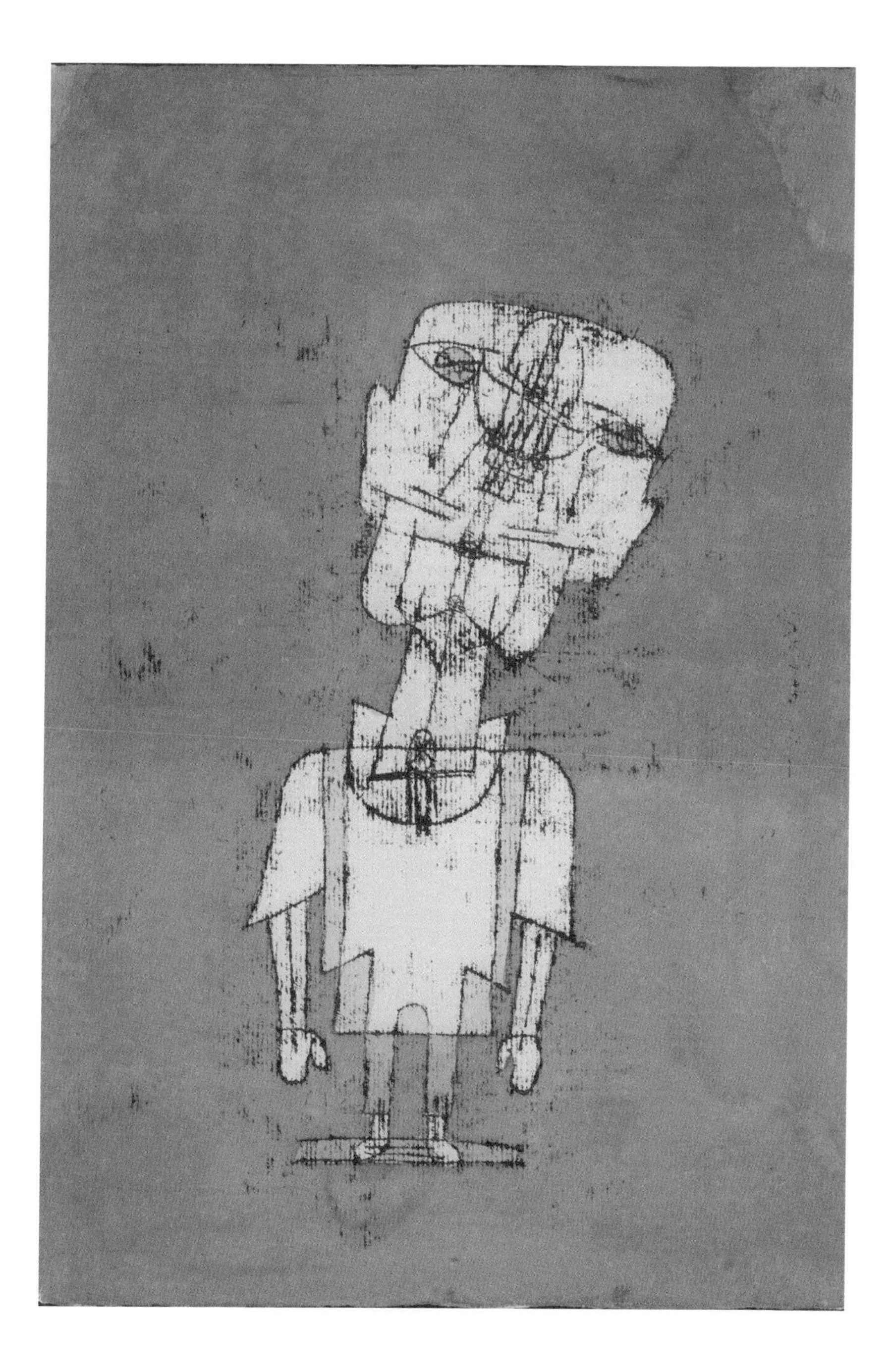

Ghost of a Genius
1925

3장.

다정히도 불어오는 바람

시인 윤동주
백석
권태응
김상용
김영랑
노자영
이병각
이상
이장희
장정심
정지용
허민
고바야시 잇사
아라키다 모리다케
타네다 산토카

화가 차일드 하삼

3장에서 함께하는 화가

차일드 하삼Frederick Childe Hassam

1859~1935. 미국의 인상주의 화가. 미국의 도시와 해안을 주로 그렸다. 3,000점이 넘는 그림, 유화, 수채화, 에칭, 석판화 등을 제작했으며 20세기 초 미국에서 가장 영향력 있는 예술가 중 한 명이었다. 그의 아버지는 미술품 및 공동품을 많이 소장한 성공한 사업가이며, 어머니는 미국의 소설가 너새니엘 호손의 후손이다. 어려서부터 미술에 관심이 있었고 드로잉과 수채화에 뛰어났으나 그의 부모는 초기에 그의 재능에 거의 주목하지 않았다. 고등학교를 그만두고 나무조각가로 일했으며 1879년경부터 초기 유화를 만들기 시작했으나 선호하는 장르는 수채화였고 대부분 풍경화였다.

1883년 보스톤의 윌리엄스 에버렛 갤러리(Williams and Everett Gallery)에서 열린 첫 개인전에서 수채화를 전시했다. 다음 해, 그의 친구들의 권유로 중간이름 없이, '차일드 하삼(Childe Hassam)으로 활동했다. 또한 서명에는 항상 초승달 모양의 상징을 추가했는데, 그 의미는 알려지지 않고 있다. 정식 미술 교육을 받지 못했으나, 1886년 프랑스의 줄리앙 아카데미에서 구상적 드로잉과 회화를 공부했으며, 인상주의를 미국 미술계에 알리는 데 중요한 역할을 했다.

1880년대 중반, 하삼은 도시 풍경을 그리기 시작했다. 〈보스턴 커먼의 황혼(Boston Common at Twilight)〉(1885)은 그의 첫 번째 작품이었다. 미국의 미술평론가들의 반응은 냉담했으나 그는 크게 성공했고, 파리에서 생활하며 프랑스 예술가들과 교류하였다. 파리뿐만 아니라 유럽 여러 나라, 칠레 등을 여행하며 작품의 영감을 얻었다.
미국 인상주의의 선도적 역할을 했지만, 신인상주의와 후기인상주의로 전환될 때 뒤늦게 인상주의에 합류했다. 후기 작품 중에 가장 독특하고 유명한 작품으로는 '깃발 시리즈(Flag Series)'로 알려진 30여 점의 그림이 있다. 1916년 뉴욕 5번가에서 열린 미국의 세계1차대전 참전 퍼레이드에서 영감을 얻어 연작을 만들었다. 그중 〈빗속의 거리〉는, 2009년 재선에 성공한 오바마 미국 대통령이 자신의 집무실을 재정비하면서 걸어놓아 화제가 되었다. 1919년 하삼은 뉴욕의 이스트햄튼에 살았고, 1920년대부터 에드워드 호퍼나 로버트 헨리 같은 사실주의파에 합류하기도 했다. 1960년대 미국에서 인상주의 화풍이 부활하기 전까지, 하삼은 '비운의 버려진 천재'로 남았으나, 1970년대에 프랑스의 인상주의 작품들이 천문학적인 가격으로 거래되자, 하삼과 미국의 인상주의학파들은 다시 인기를 얻었다.

장미

이병각

오복소복 장미꽃은 털보다도 반즈럽다. 소년(少年)은 까시가 무서워서 꺽질 못하고 꽃송이를 만자거리다가 꽃송이를 따서 입에 너허보았다. 싸근하고 달사한 맛이 조으름을 불렀다. 장미까시는 망아지가 자라거던 발톱에 꼬저줄 다갈인가보다. 따끔하고 씨라리기에 손구락 끝을 흙에 문즈르고나니 쌧카만 피가 송송 치미렀다. 입에 넛코 호— 호— 불엇으나 어머니 생각만 간절하고 아프기는 맛찬가지엿다. 하늘만 동그랫다.

Maréchal Niel Roses
1919

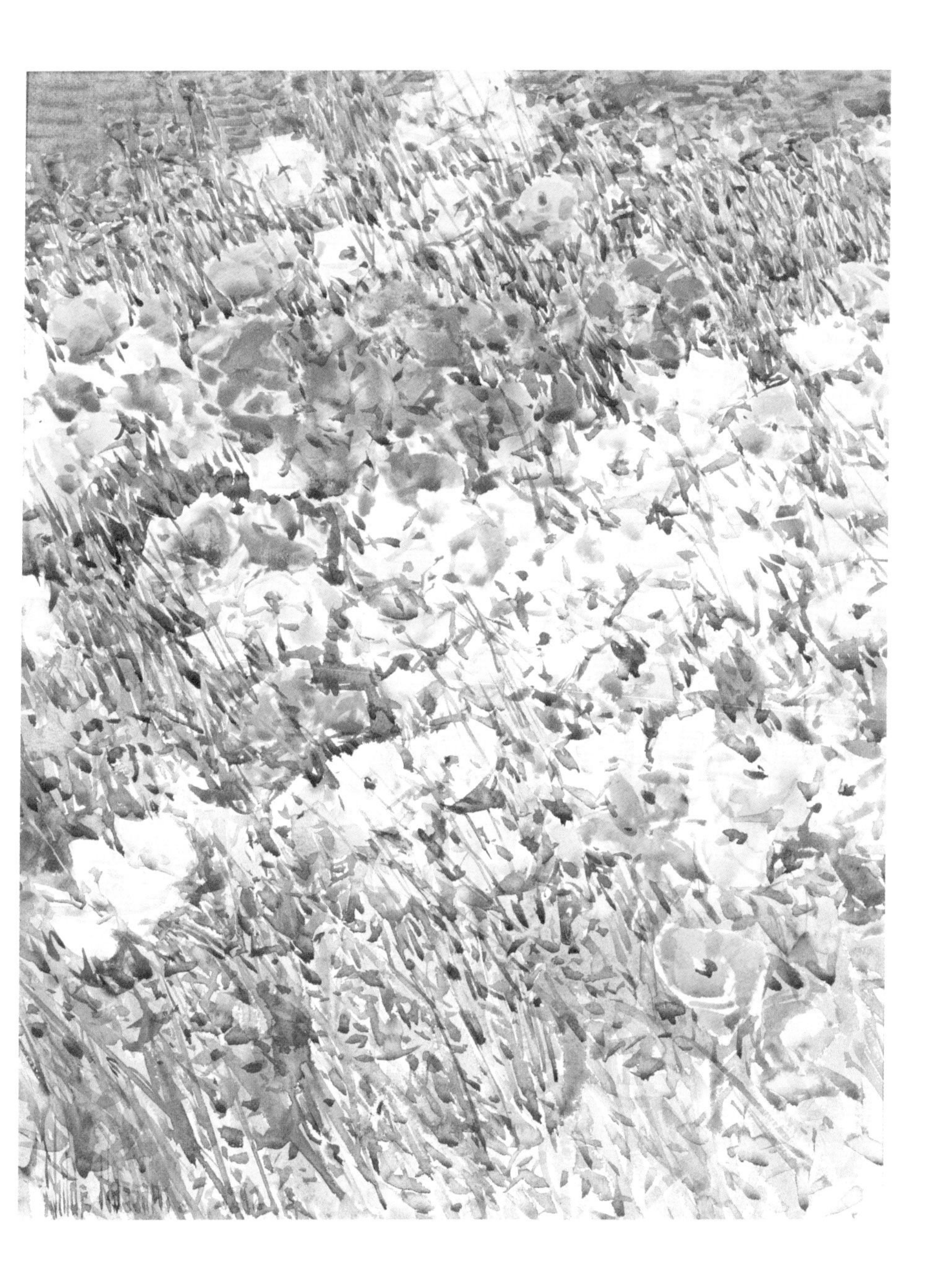

The Island Garden
1892

모란이 피기까지는

김영랑

모란이 피기까지는
나는 아직 나의 봄을 기다리고 있을테요
모란이 뚝뚝 떨어져버린 날
나는 비로소 봄을 여읜 설움에 잠길테요
5월 어느 날, 그 하루 무덥던 날
떨어져 누운 꽃잎마저 시들어 버리고는
천지에 모란은 자취도 없어지고
뻗쳐 오르던 내 보람 서운케 무너졌느니
모란이 지고 말면 그뿐, 내 한 해는 다가고 말아
삼백 예순 날 하냥 섭섭해 우옵네다
모란이 피기까지는
나는 아직 기다리고 있을테요,
찬란한 슬픔의 봄을.

Easter Morning (Portrait at a New York Window)
1921

Poppies, Isles of Shoals
1891

손수건

장정심

차두의 작별하든 아차한 눈매
울일 듯 울 듯 참아 못 보다
기적소리에 다시 고개 들어
마지막 눈매를 보려 하였소

그제는 당신이 고개를 숙이고
떨리는 당신의 가슴인 듯이
바람에 손수건이 휘날리여
내 마음 울리기를 시작하였소

일분 일각에 마조친 시선
할 말을 못하며 난위든 그날
잡으려 해도 잡을 수 없었고
머믈려 했어도 머믈을 수 없었소

시간을 다토아 달아나든차
사정을 어찌다 생각했으리까
멀어지던 당신의 손수건만
아직도 희미하게 보이는 듯하오

Lillie(Lillie Langtry)
1898

In the Sun
1888

언덕에 바로 누워

김영랑

언덕에 바로 누워
아슬한 푸른 하늘 뜻없이 바래다가
나는 잊었습네 눈물 도는 노래를
그 하늘 아슬하여 너무도 아슬하여

이 몸이 서러운 줄 언덕이야 아시련만
마음의 가는 웃음 한때라도 없더라냐
아슬한 하늘 아래 귀여운 맘 질기운 맘
내 눈은 감기였데 감기였데.

Mill Site and Old Todal Dam, Cos Cob
1902

The Little Pond, Appledore
1890

빛깔 환히

김영랑

빛깔 환히
동창에 떠오름을 기둘리신가
아흐레 어린 달이
부름도 없이 홀로 났네

월출동령(月出東嶺)
팔도 사람 다 맞이하소
기척 없이 따르는 마음
그대나 홀히 싸안아 주오

Moonlight on the Sound
1906

달빛이 슬쩍
휘파람새가 슬쩍
날이 밝도다

고바야시 잇사

Broadway and 42nd Street
1902

Evening (Isles of Shoals)
1907

꽃잎 하나가 떨어지네
어, 다시 올라가네
나비였네

아라키다 모리다케

Thaxter's Garden
1892

Ten Pound Island
1896

다정히도 불어오는 바람

김영랑

다정히도 불어오는 바람이길래
내 숨결 가볍게 실어 보냈지
하늘가를 스치고 휘도는 바람
어이면 한숨을 몰아다 주오

Listening to the Orchard Oriole
1902

Summer Evening
1910

꽃나무

이상

벌판한복판에꽃나무하나가있소. 근처에는꽃나무가하나도없소. 꽃나무는제가생각하는꽃나무를열심으로생각하는것처럼열심으로꽃을피워가지고섰소. 꽃나무는제가생각하는꽃나무에게갈수없소. 나는막달아났소. 한꽃나무를위하여그러는것처럼나는참그런이상스러운흉내를내었소.

Apple Trees in Bloom, Old Lyme
1904

Geraniums
1888~1889

꽃모중

권태웅

비가 촉촉 오네요.
꽃모중들 합시다.

삭갓 쓰고 아기들
집집마다 다녀요.

장독 옆에 뜰 앞에
알록달록 각색 꽃

곱게 곱게 피면은
온 집 안이 환해요.

A Fisherman's Cottage
1895

Le Crépuscule
1888~1893

남으로 창을 내겠오

김상용

남으로 창을 내겠오.
밭이 한참가리
괭이로 파고
호미론 풀을 매지오.

구름이 꼬인다 갈리 있오
새 노래는 공으로 드르랴오
강냉이가 익걸랑
함께 와 자셔도 좋소.

왜 사냐건
웃지오.

Old House, East Hampton
1917

Street Scene, Spain
1910

허리띠 매는 시악시

김영랑

허리띠 매는 시악시 마음실같이
꽃가지에 은은한 그늘이 지면
흰날의 내 가슴 아지랭이 낀다
흰날의 내 가슴 아지랭이 낀다

Portrait of Ethel Moore
1892

Strawberry Tea Set
1912

장미 병들어

윤동주

장미 병들어
옮겨 놓을 이웃이 없도다.

달랑달랑 외로히
황마차 태워 산에 보낼거나

뚜—— 구슬피
화륜선 태워 대양에 보낼거나

프로펠러 소리 요란히
비행기 태워 성층권에 보낼거나

이것 저것
다 그만두고

자라가는 아들이 꿈을 깨기 전
이내 가슴에 묻어다오!

Gathering Flowers in a French Garden
1888

The Goldfish Window
1916

그대가 누구를 사랑한다 할 때

김상용

그대가 누구를 사랑한다 할 때
그대는 결국 그대를 사랑하는 겔세.
그대 넋의 그림자가 그리워
알들이 알들이 따라가는 겔세.

그대 넋이 허매지를 안켓는가
허매다 그 사람을 찾앗다 하네
그 사람은 그대의 거울일세.
그대 넋을 비최는 분명한 거울일세.

그대는 그대 그림자를 보고
그 그림자를 거울만 녁여 사랑하네.
그래 그 거울을 사랑한다 하네.
그 사람을 사랑한다 맹서하게 되네.
그러나 그대 그림자 없으면
그대는 도라서 가네.

그대가 그 사람을 부족타하고 가지 안는가.
그대 넉 못빗최는 구석이 잇는 까닭일세.
지금 그대 넉은 또 길을 떠나네.
누군지 모를 그 사람을
또 찾아 허매러 가네.

그대 넉 온통을 비췰 거울이 어듸 잇나
그대 찾는 정말 그 사람이 어듸 잇나
찾다가 울고 울다가 또 찾아보고
그리다가 찾든 그대 넉 좃차
어딘지 모를 곳 가바릴게 아닌가.

Summer Evening Paris
1889

Promenade at Sunset Paris
1889

풍경(風景)

윤동주

봄바람을 등진 초록빛 바다
쏟아질 듯 쏟아질 듯 위태롭다.

잔주름 치마폭의 두둥실거리는 물결은,
오스라질 듯 한끝 경쾌롭다.

마스트 끝에 붉은 기ㅅ발이
여인의 머리칼처럼 나부낀다.

이 생생한 풍경을 앞세우며 뒤세우며
외-ㄴ 하루 거닐고 싶다.

-우중충한 오월 하늘 아래로,
-바닷빛 포기 포기에 수놓은 언덕으로.

Bailey's Beach, Newport, R.I.
1901

View of a Southern French City
1910

장미

노자영

장미가 곱다고
꺾어보니까
꽃 포기마다
가시입니다.

사랑이 좋다고
따라가 보니까
그 사랑속에는
눈물이 있어요.

그러나 사람은
모든 사람은
가시의 장미를 꺾지 못해서
그 눈물의 사랑을 얻지 못해서
섧다고 섧다고 부르는군요.

The Artist's Wife in a Garden Villiers Le Bel
1889

Flower Girl
1887~1889

'호박꽃 초롱' 서시

백석

한울은
울파주 가에 우는 병아리를 사랑한다.
우물돌 아래 우는 돌우래를 사랑한다.
그리고 또
버드나무 밑 당나귀 소리를 임내내는 시인을 사랑한다.

한울은
풀 그늘 밑에 삿갓 쓰고 사는 버슷을 사랑한다.
모래 속에 문 잠그고 사는 조개를 사랑한다.
그리고 또
두툼한 초가지붕 밑에 호박꽃 초롱 혀고 사는 시인을 사랑한다.

한울은
공중에 떠도는 흰 구름을 사랑한다.
골짜구니로 숨어 흐르는 개울물을 사랑한다.
그리고 또
아늑하고 고요한 시골 거리에서 쟁글쟁글 햇볕만 바래는 시인을 사랑한다.

한울은
이러한 시인이 우리들 속에 있는 것을 더욱 사랑하는데
이러한 시인이 누구인 것을 세상은 몰라도 좋으나
그러나
그 이름이 강소천인 것을 송아지와 꿀벌은 알을 것이다.

New England Headlands
1899

The Spanish Stairs, Rome
1987

향내 없다고

김영랑

향내 없다고 버리실라면
내 목숨 꺾지나 말으시오
외로운 들꽃은 들가에 시들어
철없는 그이의 발끝에 좋을걸

Trees by a Lake
1910

The Victorian Chair
1906

피아노

장정심

높은 소리 낮은 소리
올랐다 나렸다 또 가만히
생명곡에 맞춰 주어서
쾌락하고 숭고한 음악이었소

가느단 소리 우렁찬 소리
이 강산을 떠들썩하니
웃음을 띄운 인생곡이 나와
멀리 더 멀리 보내주었소

백어 같은 그대의 흰 손에
은어 금어가 꼬리를 치는 듯
내 귀에 들려 웃겼다 울렸다
이대로 음악 속에 살고 싶으오

황혼도 기웃이 들여다보며
그대의 얼굴에 웃음 띄우니
우정 자연 모든 정든 벗
나를 위하여 놀아주었소

The Sonata
1911

A Familiar Tune
1880

오월한(五月恨)

김영랑

모란이 피는 오월달
월계도 피는 오월달
온갖 재앙이 다 벌어졌어도
내 품에 남는 다순 김 있어
마음실 튀기는 오월이러라

무슨 대견한 옛날였으랴
그래서 못 잊는 오월이랴
청산을 거닐면 하루 한 치씩
뻗어 오르는 풀숲 사이를
보람만 달리든 오월이러라

아모리 두견이 애닯어해도
황금 꾀꼬리 아양을 펴도
싫고 좋고 그렁기보다는
풍기는 내음에 지늘껴것만
어느새 다 해—진 오월이러라

The Water Garden
1909

그의 반

정지용

내 무엇이라 이름하리 그를?
나의 영혼 안의 고운 불,
공손한 이마에 비추는 달,
나의 눈보다 값진 이,
바다에서 솟아 올라 나래 떠는 금성(金星),
쪽빛 하늘에 흰 꽃을 달은 고산 식물(高山植物),
나의 가지에 머물지 않고,
나의 나라에서도 멀다.
홀로 어여삐 스사로 한가로워—항상 머언 이,
나는 사랑을 모르노라. 오로지 수그릴 뿐.
때없이 가슴에 두 손이 여미어지며
굽이굽이 돌아 나간 시름의 황혼(黃昏) 길 위—
나—바다 이편에 남긴
그의 반임을 고이 지니고 걷노라.

July Night
1898

Oyster Sloop, Cos Cob
1902

가늘한 내음

김영랑

내 가슴 속에 가늘한 내음
애끈히 떠도는 내음
저녁 해 고요히 지는 때
먼 산(山)허리에 슬리는 보랏빛

오! 그 수심 뜬 보랏빛
내가 잃은 마음의 그림자
한 이틀 정열에 뚝뚝 떨어진 모란의
깃든 향취가 이 가슴 놓고 갔을 줄이야

얼결에 여읜 봄 흐르는 마음
헛되이 찾으려 허덕이는 날
뻘 위에 철석 갯물이 놓이듯
얼컥 이는 훗근한 내음

아 ! 훗근한 내음 내키다 마는
서어한 가슴에 그늘이 도나니
수심 뜨고 애끈하고 고요하기
산허리에 슬리는 저녁 보랏빛

Oregon Landscape
1908

Parc Monceaux, Paris
1888~1989

오후의 구장(球場)

윤동주

늦은 봄 기다리던 토요일날
오후 세시 반의 경성행 열차는
석탄 연기를 자욱이 풍기고
소리치고 지나가고

한 몸을 끌기에 강하던
공이 자력을 잃고
한 모금의 물이
불붙는 목을 축이기에
넉넉하다.
젊은 가슴의 피 순환이 잦고,
두 철각(鐵脚)이 늘어진다.

검은 기차 연기와 함께
푸른 산이
아지랑이 저쪽으로
가라앉는다.

The Bridge at Grez(recto)
1904

Quai St. Michel
1888

내 훗진 노래

김영랑

그대 내 훗진 노래를 들으실까
꽃은 가득 피고 벌떼 잉잉거리고

그대 내 그늘 없는 소리를 들으실까
안개 자욱이 푸른 골을 다 덮었네

그대 내 홍 안 이는 노래를 들으실까
봄 물결은 왜 이는지 출렁거리네

내 소리는 꿰벗어 봄철이 실타리
호젓한 소리 가다가는 씁쓸한 소리

어슨 달밤 빨간 동백꽃 쥐어따서
마음씨냥 꽁꽁 주물러 버리네

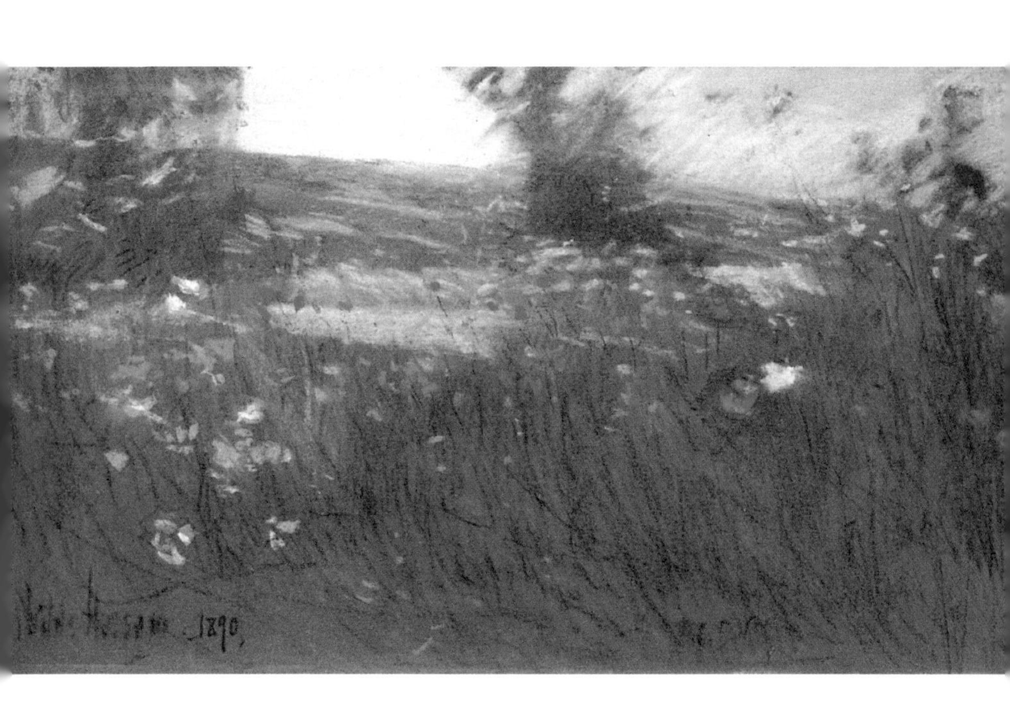

Poppies Isles of Shoals
1890

Lady in a Garden
1900

오늘

장정심

오늘은 십년보다 얼마나 더 귀한고
어제도 이별되고 내일도 모를 일이
그러나 오늘 하루만은 마음 놓고 살려오

Couch on the Porch Cos Cob
1914

The South Ledges, Appledore
1913

사랑의 몽상(夢想)

허민

꽃들은 시들어 열매 맺으나
님들은 나눠져 눈물만 남아
열매를 안 맺는 꽃이랄진대
사랑도 아침 들 선안개지요

바닷가 갈대가 나부껴도
안 부는 바람에 흔들릴거나
님이라 이저곳 눈물 젖어도
눈물이 자는 곳 참사랑이죠

Geraniums
1888

April(The Green Gown)
1920

봄 비

노자영

봄 비 밤새도록 소리없이 내리는 비!
첫사랑을 바치는 그 여인의 넋같은 보드러운 촉수(觸手)!
따뜻한 네 지정(至情)에 말랐던 개나리 다시 눈뜨리!

방울방울 눈물자욱 나무 가지에 어려
청록이 적은 엄은 어머니 유방에 묻힌 어린애 눈 같구나!
아, 봄 비. 어머니 마음씨 같은 보드러운 너의 애무!
오늘밤도 내리고 내일밤도 내려라
겨울도, 추위도, 얼음도 네 발자욱 밑에 모두 녹았으니.

Twenty Six of June Old Lyme
1912

Coast Scene, Isles of Shoals
1901

꿈은 깨어지고

윤동주

잠은 눈을 떴다
그윽한 유무(幽霧)에서.

노래하는 종달이
도망쳐 날아나고,

지난날 봄타령하든
금잔디밭은 아니다.

탑(塔)은 무너졌다,
붉은 마음의 탑(塔)이—

손톱으로 새긴 대리석탑(大理石塔)이—
하로저녁 폭풍(暴風)에 여지(餘地)없이도,

오오 황폐(荒廢)의 쑥밭,
눈물과 목메임이여!

꿈은 깨어졌다
탑(塔)은 무너졌다.

Moonlight the Old House
1906

Fifth Avenue Nocturne
1895

모두 거짓말이었다며
봄은 달아나 버렸다

타네다 산토카

Roses in a Vase
1890

Washington Arch, Spring
1890

시인 소개

권태응

權泰應. 1918~1951. 일제강점기의 독립운동가이자 시인. 1935년 경성제일공립고등보통학교(지금의 경기고등학교) 재학 시절 최인형, 염홍섭 등과 함께 항일비밀결사단체에 가입하여 민족의식을 키우던 중 졸업 직전 친일 발언을 한 학생을 구타하여 종로경찰서에서 조사를 받았다. 졸업 후 일본 와세다대학에 재학하던 중 고교 동창인 염홍섭 등과 독서회를 조직하여 조국의 독립과 새로운 사회 건설에 대해 논했다. 1938년 일본 경찰에 체포되어 3년의 징역형을 선고받고 복역하던 중 폐결핵으로 풀려났으나 대학에서는 퇴학당했다. 1941년 고향으로 돌아와 농사를 지으며 야학을 운영하고 창작활동에 전념하였다. 한국전쟁 때 약을 구하지 못해 병이 악화되어 별세하였다. 대표작은 동시 〈감자꽃〉이다.

김소월

金素月. 1902~1934. 일제 강점기의 시인. 본명은 김정식(金廷湜)이지만, 호인 소월(素月)로 더 널리 알려져 있다. 본관은 공주(公州)이며 1934년 12월 24일 평안북도 곽산 자택에서 33세 나이에 음독자살했다. 그는 서구 문학이 범람하던 시대에 민족 고유의 정서를 노래한 시인이라고 평가받고 서정적인 시로 오늘날까지도 많은 사랑을 받고 있다. 〈진달래꽃〉〈금잔디〉〈엄마야 누나야〉〈산유화〉 외 많은 명시를 남겼다. 한 평론가는 "그 왕성한 창작적 의욕과 그 작품의 전통적 가치를 고려해볼 때, 1920년대에 있어서 천재라는 이름으로 불릴 수 있는 거의 유일한 시인이었음을 알 수 있다."고 평가했다.

김상용

金尙鎔. 1902~1951. 시인, 영문학자, 교육자. 경기도 연천 출생. 시조 시인 김오남(金午男)이 여동생이다. 1917년 경성제일고등보통학교 입학, 1919년 3·1운동 관련으로 제적되어 보성고등보통학교로 전학, 1921년 졸업했다. 이듬해인 1922년 일본 릿쿄대학 영문과에 입학, 1927년에 졸업했다. 귀국 후 보성고등보통학교 교사로 재직하면서 1930년 경부터 《동아일보》 등에 시를 게재했고, 에드거 앨런 포의 「애너벨리」(《신생(新生)》 27, 1931.1), 키츠(J. Keats)의 「희랍고옹부(希臘古甕賦)」(《신생》 31, 1931.5) 등의 외국문학을 번역·소개했다. 1933년부터 이화여자전문학교 영문과 교수로 근무하면서, 1938년 〈남으로 창을 내겠오〉를 수록한 시집 『망향(望鄕)』을 출판했다.

김억

金億. 1895~미상. 1910년대 후반 낭만주의 성향의《폐허》와《창조》동인으로 활동했으며,《창조》《폐허》《영대》《개벽》《조선문단》《동아일보》《조선일보》등에 시, 역시(譯詩), 평론, 수필 등 많은 작품을 발표했다. 김소월(金素月)의 스승으로서 김소월을 민요시인으로 길러냈고, 자신도 뒤에 민요조의 시를 주로 많이 썼다. 김억은 1924년에는 동아일보 학예부 기자로 입사 당시까지 낯설었던 해외 문학 이론을 처음 소개함과 동시에 개인의 정감을 자유롭게 노래하는 한국 자유시의 지평을 개척한 인물로 평가된다.

김영랑

金永郞. 1903~1950. 시인. 본관은 김해(金海). 본명은 김윤식(金允植). 영랑은 아호인데《시문학(詩文學)》에 작품을 발표하면서부터 사용하기 시작하였다. 초기 시는 1935년 박용철에 의하여 발간된『영랑시집』초판의 수록시편들이 해당되는데, 여기서는 자연에 대한 깊은 애정이나 인생 태도에 있어서의 역정(逆情)·회의 같은 것은 찾아볼 수 없다. '슬픔'이나 '눈물'의 용어가 수없이 반복되면서 그 비애의식은 영탄이나 감상에 기울지 않고, '마음'의 내부로 향해져 정감의 극치를 이루고 있다. 그의 초기 시는 같은 시문학동인인 정지용 시의 감각적 기교와 더불어 그 시대 한국 순수시의 극치를 보여주고 있다. 그러나 1940년을 전후하여 민족항일기 말기에 발표된〈거문고〉〈독(毒)을 차고〉〈망각(忘却)〉〈묘비명(墓碑銘)〉등의 후기 시에서는 그 형태적인 변모와 함께 인생에 대한 깊은 회의와 '죽음'의 의식이 나타나 있다.

노자영

盧子泳. 1898~1940. 시인. 수필가. 호는 춘성(春城). 출생지는 황해도 장연(長淵) 또는 송화군(松禾郡)으로 전해지고 있지만 정확한 것은 알 수가 없다. 평양 숭실중학교를 졸업하고 고향의 양재학교에서 교편 생활을 한 적이 있으며, 1919년 상경하여 한성도서주식회사에 입사하였다. 1935년에는 조선일보사 출판부에 입사하여《조광(朝光)》지를 맡아 편집하였다. 1938년에는 기자 생활을 청산하고 청조사(靑鳥社)를 직접 경영한 바 있다. 그의 시는 낭만적 감상주의로 일관되고 있으나 때로는 신선한 감각을 보여주기도 한다. 산문에서도 소녀 취향의 문장으로 명성을 떨쳤다.

박용철

朴龍喆. 1904~1938. 시인. 문학평론가. 번역가. 전라남도 광산(지금의 광주광역시 광산구) 출신. 아호는 용아(龍兒). 배재고등보통학교를 거쳐 일본에서 수학하였다. 일본 유학 중 김영랑을 만나 1930년《시문학》을 함께 창간하며 문학에 입문했다. 〈떠나가는 배〉 등 식민지의 설움을 드러낸 시로 이름을 알렸으나, 정작 그는 이데올로기나 모더니즘은 지양하고 대립하여 순수문학이라는 흐름을 이끌었다. 〈밤기차에 그대를 보내고〉〈싸늘한 이마〉〈비 내리는 날〉 등의 순수시를 발표하며 초기에는 시작 활동을 많이 했으나, 후에는 주로 극예술연구회의 회원으로 활동하면서 해외 시와 희곡을 번역하고 평론을 발표하는 활동을 하였다. 1938년 결핵으로 요절하여 생전에 자신의 작품집은 내지 못하였다.

박인환

朴寅煥. 1926~1956. 강원도 인제군 인제면 상동리에서 출생했다. 평양 의학 전문학교를 다니다가 8·15 광복을 맞으면서 학업을 중단, 종로 2가 낙원동 입구에 서점 마리서사(茉莉書肆)를 개업했다. 한국전쟁이 일어나자 9·28 수복 때까지 지하생활을 하다가 가족과 함께 대구로 피난, 부산에서 종군기자로 활동했다. 조선청년문학가협회 시부가 주최한 '예술의 밤'에 참여하여 시 〈단층(斷層)〉을 낭독하고, 이를 예술의 밤 낭독시집인『순수시선』(1946)에 발표함으로써 등단했다. 〈거리〉〈남풍〉〈지하실〉 등을 발표하는 한편 〈아메리카 영화시론〉을 비롯한 많은 영화평을 썼고, 1949년엔 김경린, 김수영 등과 함께 5인 합동시집『새로운 도시와 시민들의 합창』을 발간하여 본격적인 모더니즘의 기수로 주목받기 시작했다. 1955년『박인환 시선집』을 간행하였고 그 다음 해인 1956년에 31세의 나이에 심장마비로 자택에서 별세하였다. 혼란한 정국과 전쟁 중에도, 총 173편의 작품을 남기고 타계한 박인환은, 암울한 시대의 절망과 실존적 허무를 대변했으며, 그가 사망한 지 20년 후인 1976년에 시집『목마와 숙녀』가 간행되었다.

방정환

方定煥. 1899~1931. 아동문학가. 어린이운동의 창시자이자 선구자. 호는 소파(小波). 아동을 '어린이'라는 용어로 격상시키고, 1922년 5월 1일 처음으로 '어린이의 날'을 제정하고, 1923년 3월 우리나라 최초 순수 아동잡지《어린이》를 창간했다. 생전에 발간한 책은『사랑의 선물』이 있고, 그밖에 사후에 발간된『소파전집』(1940),『소파동화독본』(1947),『칠칠단의 비밀』(1962),『동생을 찾으러』(1962),『소파아동문학전집』(1974) 등이 있다.

백석

白石. 1912~1996. 일제 강점기와 조선민주주의인민공화국의 시인이자 소설가, 번역문학가이다. 본명은 백기행(白夔行)이며 본관은 수원(水原)이다. '白石(백석)'과 '白奭(백석)'이라는 아호(雅號)가 있었으나, 작품에서는 거의 '白石(백석)'을 쓰고 있다.

평안북도 정주(定州) 출신. 오산고등보통학교를 마친 후, 일본에서 1934년 아오야마학원 전문부 영어사범과를 졸업하였다. 부친 백용삼과 모친 이봉우 사이의 3남 1녀 중 장남으로 출생했다. 부친은 우리나라 사진계의 초기인물로《조선일보》의 사진반장을 지냈다. 모친 이봉우는 단양군수를 역임한 이양실의 딸로 소문에 의하면 기생 내지는 무당의 딸로 알려져 백석의 혼사에 결정적인 지장을 줄 정도로 당시로서는 심한 천대를 받던 천출의 소생으로 알려져 있다. 1930년《조선일보》신년현상문예에 1등으로 당선된 단편소설「그 모(母)와 아들」로 등단했고, 몇 편의 산문과 번역소설을 내며 작가와 번역가로서 활동했다. 실제로는 시작(時作) 활동에 주력했으며, 1936년 1월 20일에는 그간《조선일보》와《조광(朝光)》에 발표한 7편의 시에, 새로 26편의 시를 더해 시집『사슴』을 자비로 100권 출간했다. 이 무렵 기생 김진향을 만나 사랑에 빠졌고 이때 그녀에게 '자야(子夜)'라는 아호를 지어주었다. 이후 1948년《학풍(學風)》창간호(10월호)에 〈남신의주 유동 박시봉방(南新義州 柳洞 朴時逢方)〉을 내놓기까지 60여 편의 시를 여러 잡지와 신문, 시선집 등에 발표했으나, 분단 이후 북한에서의 활동은 정확히 알려진 것이 없다. 백석은 자신이 태어난 마을과 마을 사람들 그리고 주변 자연을 대상으로 시를 썼다. 작품에는 평안도 방언을 비롯하여 여러 지방의 사투리와 고어를 사용했으며 소박한 생활 모습과 철학적 단면이 시에 잘 드러나 있다. 그의 시는 한민족의 공동체적 친근성에 기반을 두었고 작품의 도처에는 고향의 부재에 대한 상실감이 담겨 있다.

변영로

卞榮魯. 1898~1961. 시인, 영문학자, 대학 교수, 수필가, 번역문학가이다. 신문학 초창기에 등장한 신시의 선구자로서, 압축된 시구 속에 서정과 상징을 담은 기교를 보였다. 민족의식을 시로 표현하고 수필에도 재능이 있었다. 그의 시작 활동은 1918년《청춘》에 영시 〈코스모스(Cosmos)〉를 발표하면서부터 시작되었는데 당시에는 천재 시인이라는 찬사를 받기도 하였다. 그의 작품들은 부드럽고 정서적이어서 한때 시단의 주목을 받았으며, 작품 기저에는 민족혼을 일깨우고자 한 의도도 깔려 있었다. 대표작 〈논개〉가 널리 알려져 있다.

오일도

吳一島. 1901~1946. 시인. 작품활동보다는 순수 시 전문잡지《시원》을 창간하여 한국 현대시의 발전에 기여하였다는 점에서 더 중요한 의미를 지닌 시인이다. 1935년 2월 시 전문잡지《시원(詩苑)》을 창간하였으나 1935년 12월 5호로 중단되었다. 1936년『을해명시선(乙亥名詩選)』을 출판하였고 1938년 조지훈(趙芝薰)의 형 조동진(趙東振)의 유고시집『세림시집』을 출판하였다. 1942년 낙향하여 수필『과정기(瓜亭記)』를 집필하였다. 낭만주의에 기반한 그의 시는 자연스러운 감정을 자유롭게 표현하고 있다.

윤곤강

尹崑崗, 1911~1949. 충청남도 서산 출생의 시인이다. 본명은 붕원(朋遠). 1933년 일본 센슈 대학을 졸업했으며, 1934년《시학(詩學)》동인의 한 사람으로 문단에 등장했다. 초기에는 카프(KAPF)파의 한 사람으로 시를 썼으나 곧 암흑과 불안, 절망을 노래하는 퇴폐적 시풍을 띠게 되었고 풍자적인 시를 썼다. 그의 시는 초기에 하기하라 사쿠타로와 보들레르의 영향을 받았고, 해방 후에는 전통적 정서에 대한 애착과 탐구로 기울어지기 시작하였다. 시집으로『빙하』『동물시집』『살어리』『만가』등이 있고, 시론집으로『시와 진실』이 있다.

윤동주

尹東柱. 1917~1945. 일제강점기의 저항(항일)시인이자 독립운동가. 아명은 해환(海煥). 만주 북간도의 명동촌에서 태어났으며, 기독교인인 할아버지의 영향을 받았다. 1931년(14세)에 명동소학교를 졸업하고, 한때 중국인 관립학교인 대랍자(大拉子)소학교를 다니다 가족이 용정으로 이사하자 용정에 있는 은진중학교에 입학하였다. 1935년에 평양의 숭실중학교로 전학하였으나, 학교에 신사참배 문제가 발생하여 폐쇄당하고 말았다. 다시 용정에 있는 광명학원의 중학부로 편입하여 거기서 졸업하였다. 1941년에는 서울의 연희전문학교 문과를 졸업하고, 일본으로 건너가 도쿄에 있는 릿쿄 대학 영문과에 입학하였다가, 다시 1942년, 도시샤 대학 영문과로 옮겼다. 학업 도중 귀향하려던 시점에 항일운동을 했다는 혐의로 일본 경찰에 체포되어(1943. 7), 2년형을 선고받고 후쿠오카 형무소에서 복역하였다. 그러나 복역 중 건강이 악화되어 1945년 2월에 생을 마감하고 말았다. 유해는 그의 고향 용정에 묻혔다. 한편, 그의 죽음에 관해서는 옥중에서 정체를 알 수 없는 주사를 정기적으로 맞은 결과이며, 이는 일제의 생체실험의 일환이었다는 주장도 제기되고 있다.

15세 때부터 시를 쓰기 시작하여 첫 작품으로〈삶과 죽음〉〈초한대〉를 썼다. 발표 작품으로는 만주의 연길에서 발간된《가톨릭 소년》지에 실린 동시 〈병아리〉(1936. 11) 〈빗자루〉(1936. 12) 〈오줌싸개 지도〉(1937. 1) 〈무얼 먹구사나〉(1937. 3) 〈거짓부리〉(1937. 10) 등이 있다. 연희전문학교 시절 작품으로는《조선일보》에 발표한 산문 〈달을 쏘다〉, 교지《문우》지에 게재된 〈자화상〉 〈새로운 길〉이 있다. 그리고 그의 유작인 〈쉽게 쓰여진 시〉가 사후에《경향신문》에 게재되기도 하였다(1946). 그의 절정기에 쓰인 작품들을 1941년 연희전문학교를 졸업하던 해에 '하늘과 바람과 별과 시'라는 제목으로 발간하려 하였으나 뜻을 이루지 못하였다. 그의 자필 유작 3부와 다른 작품들을 모아 친구 정병욱과 동생 윤일주가, 사후에 그의 뜻대로 1948년, 〈하늘과 바람과 별과 시〉라는 제목으로 출간했다. 29년의 짧은 생애를 살았지만 특유의 감수성과 삶에 대한 고뇌, 독립에 대한 소망이 서려 있는 작품들로 인해 대한민국 문학사에 길이 남은 전설적인 문인이다. 2017년 12월 30일, 탄생 100주년을 맞이했다.

이병각

李秉珏. 1910~1941. 이병각은 카프가 해체된 시기인 1935~1936년, 평론, 산문, 시에 이르는 장르의 경계를 넘나들며 자유롭게 작품활동을 하였지만, 요절하여 그 활동 기간은 카프 해소 이후 10여 년뿐이다. 현실도피적인 성향인 데다 후두결핵으로 문단활동도 활발하게 하지 못하였다. 그는 병든 몸으로 직접 한지에다 모필로 시집을 묶었는데, 그 첫 장에는 '가장 괴로운 시대에 나를 나허주신 어머님게 드리노라'(1940년 2월)라고 쓰여 있다.

이상

李箱. 1910~1937. 시인. 소설가. 현대시사를 논할 때 결코 빼놓을 수 없는 시인이며, 1930년대에 있었던 1920년대의 사실주의, 자연주의에 반발한 모더니즘 운동의 기수였다. 그는 건축가로 일하다가 작품을 발표하였으며, 전위적이고 해체적인 글쓰기로 한국의 모더니즘 문학사를 개척한 작가로 평가받고 있다. 겉으로는 서울 중인 계층 출신으로 총독부 기사였던 평범한 사람이지만, 20세부터 죽을 때까지 폐병으로 인한 각혈과 지속적인 자살충동 등 평생을 죽음의 공포 속에서 살아야 했던 기이한 작가였다. 한국 역사상 가장 독창적인 시와 소설을 창작한 바탕에는 이런 공포가 늘 그의 삶에 있었기 때문일지도 모른다.

이상화

李相和. 1901~1943. 시인. 경상북도 대구 출신. 7세에 아버지를 잃고, 14세까지 가정 사숙에서 큰아버지 이일우의 훈도를 받으며 수학하였다. 18세에 경성중앙학교(지금의 중앙중·고등학교) 3년을 수료하고 강원도 금강산 일대를 방랑하였다. 1917년 대구에서 현진건, 백기만, 이상백 등과 함께 문예동인지 《거화(炬火)》를 프린트판으로 내면서 시작 활동을 시작하였다. 21세에는 현진건의 소개로 박종화를 만나 홍사용, 나도향, 박영희 등과 함께 '백조(白潮)' 동인이 되어 본격적인 문단 활동을 시작하였다. 그의 후기 작품 경향은 철저한 회의와 좌절의 경향을 보여주는데 그 대표적 작품으로는 〈역천(逆天)〉(시원, 1935),〈서러운 해조〉(문장, 1941) 등이 있다. 문학사적으로 평가하면, 어떤 외부적 금제로도 억누를 수 없는 개인의 존엄성과 자연적 충동(情)의 가치를 역설한 이광수의 논리의 연장선상에 놓여 있는 '백조파' 동인의 한 사람이다. 동시에 그 한계를 뛰어넘은 시인으로, 방자한 낭만과 미숙성과 사회개혁과 일제에 대한 저항과 우월감에 가득한 계몽주의와 로맨틱한 혁명사상을 노래하고, 쓰고, 외쳤던 문학사적 의의를 보여주고 있다.

이장희

李章熙. 1900~1929. 시인. 본명은 이양희(李樑熙), 아호는 고월(古月). 대구 출신. 1920년에 이장희(李樟熙)로 개명하였으나 필명으로 장희(章熙)를 사용한 것이 본명처럼 되었다. 문단의 교우 관계는 양주동, 유엽, 김영진, 오상순, 백기만, 이상화 등 극히 제한되어 있었다. 세속적인 것을 싫어하여 고독하게 살다가 1929년 11월 대구 자택에서 음독자살하였다. 이장희의 전 시편에 나타난 시적 특색은 섬세한 감각과 시각적 이미지, 그리고 계절의 변화에 따른 시적 소재의 선택에 있다. 대표작 〈봄은 고양이로다〉는 다분히 보들레르와 같은 발상법을 바탕으로 하고 있는데 '고양이'라는 한 사물이 예리한 감각으로 조형되어 생생한 감각미를 보이고 있다. 이 시는 작자의 순수지각(純粹知覺)에서 포착된 대상인 고양이를 통해서 봄이 주는 감각을 집약적으로 표현하고 있다. 1920년대 초반의 시단은 퇴폐주의, 낭만주의, 자연주의, 상징주의 등 서구 문예사조에 온통 휩싸여 퇴폐성이나 감상성이 지나치게 노출되어 있었음에도 불구하고, 그의 시는 섬세한 감각과 이미지의 조형성을 보여주고 있다. 바로 뒤를 이어 활동한 정지용과 함께 한국시사에서 새로운 시적 경지를 개척하였다.

이해문

李海文. 1911~1950. 시인. 이해문이 어떤 경로를 밟고 문학수업을 했는지는 정확히 밝혀져 있지는 않지만, 1930년을 전후한 시기로부터 본명 이외에 고산 또는 금오산인 등의 이름으로 지상에 많은 작품을 발표하였다. 그리고 1937년 6월에 창간된 시 동인지《시인춘추(詩人春秋)》와 1938년 6월 창간된《맥》동인으로 활동하였다. 시집의 자서(自序)에서 "인생이 예술을 낳는다."는 자신의 문학관을 피력하였는데, 이는 바로 이해문의 시적 기조가 되기도 한다. 일상생활 속에서 느껴지는 감정의 자연스런 유로(流露), 곧 감상과 낭만성이 이해문의 시적 특색이다.

장정심

張貞心. 1898~1947. 시인. 개성에서 태어났다. 호수돈여자고등보통학교를 마치고 서울로 와서 이화학당유치사범과와 협성여자신학교를 졸업하고 감리교여자사업부 전도사업에 종사하였다. 1927년경부터 시작을 시작하여 많은 작품을 신문과 잡지에 발표했다. 기독교계에서 운영하는 잡지《청년(靑年)》에 발표하면서부터 등단했다. 1933년 한성도서주식회사에서 간행한『주(主)의 승리(勝利)』는 그의 첫 시집으로 신앙생활을 주제로 하여 쓴 단장(短章)으로 엮었다. 1934년 경천애인사(敬天愛人社)에서 출간된 제2시집『금선(琴線)』은 서정시, 시조, 동시 등으로 구분하여 200수 가까운 많은 작품을 수록하고 있다. 독실한 신앙심을 바탕으로 한 맑고 고운 서정성의 종교시를 씀으로써 선구자적 소임을 다한 여류 시인으로 높이 평가되고 있다.

정지용

鄭芝溶. 1902~1950. 대한민국의 대표적 서정 시인이다. 충청북도 옥천군 옥천면 하계리에서 한의사인 정태국과 정미하 사이에서 맏아들로 태어났다. 연못의 용이 하늘로 올라가는 태몽을 꾸었다고 하여 아명은 지룡(池龍)이라고 하였다. 당시 풍습에 따라 열두 살에 송재숙과 결혼했으며, 1914년 아버지의 영향으로 로마 가톨릭에 입문하여 '방지거(方濟各, 프란치스코)'라는 세례명을 받았다.

정지용은 섬세하고 독특한 언어를 구사하며, 생생하고 선명한 대상 묘사에 특유의 빛을 발하는 시인이다. 한국현대시의 신경지를 열었다는 평가를 받고 있으며, 이상을 비롯하여 조지훈, 박목월 등과 같은 청록파 시인들을 등장시키기도 했다. 그는 휘문고보 재학 시절《서광》창간호에 소설〈삼인〉을 발표하였으며, 일본 유학시절에는 대표작이 된〈향수〉를 썼다. 1930년에 시문학 동인으로 본격적인 문단활동을 했고, 구인회를 결성하고, 문장지의 추천위원으로도 활동했다. 해방 이후에는《경향신문》의 주간으로 일하며 대학에도 출강했는데, 이화여대에서는 라틴어와 한국어를, 서울대에서는 시경을 강의했다. 1950년 한국전쟁이 일어난 뒤에는 김기림, 박영희 등과 함께 서대문형무소에 수용되었고, 이후 납북되었다가 사망하였다. 사망 장소와 시기는 정확히 확인되지 않았는데, 1953년 평양에서 사망했다고 알려져 있다.
주요 저서로는 『정지용 시집』『백록담』『지용문학독본』 등이 있다. 그의 고향 충북 옥천에서는 매년 5월에 지용제를 개최하고 있으며, 1989년부터는 시와 시학사에서 정지용문학상을 제정하여 매년 시상하고 있다.

조명희

趙明熙. 1894~1938. 조선에서 태어난 소비에트 연방의 작가다. 조선 충청북도 진천군에서 출생하였다. 세 살 때 부친을 여의고, 서당과 진천 소학교를 다녔으며, 서울 중앙 고보를 중퇴하고 북경 사관학교에 입학하려다가 일경에게 붙잡혔다. 3·1 운동에 참가하여 투옥되기도 하였다. 1923년에 희곡 「파사」를 발표하고, 1924년에는 시집 『봄 잔디밭 위에』를 출판했다. 이 시기의 희곡이나 시는 종교적 신비주의, 낭만주의의 색채가 짙었던 것으로 평가받고 있다. 1928년 소련으로 망명하여, 소련작가동맹 원동지부 지도부에서 근무했다. 하바로브스크의 한 중학교에서 일하며 동포 신문인 《선봉》과 잡지 《노력자의 조국》의 편집을 맡기도 하였다. 1937년 가을 스탈린 정부의 스탈린 숙청 시절에 '인민의 적'이란 죄명으로 체포되어 1938년 4월 15일에 사형언도를 받고 5월 11일 소비에트 연방 하바로브스크에서 총살되었다.

한용운

韓龍雲. 1879~1944. 일제 강점기의 시인, 승려, 독립운동가. 본관은 청주. 호는 만해(萬海)이다. 불교를 통해 혁신을 주장하며 언론 및 교육 활동을 했다. 그는 작품에서 퇴폐적인 서정성을 배격하였으며 조선의 독립 또는 자연을 부처에 빗대어 '님'으로 형상화했으며, 고도의 은유법을 구사했다. 1918년 《유심》에 시를 발표하였고, 1926년 〈님의 침묵〉 등의 시를 발표하였다. 〈님의 침묵〉에서는 기존의 시와, 시조의 형식을 깬 산문시 형태로 시를 썼다. 소설가로도 활동하여 1930년대부터는 장편소설 『흑풍(黑風)』『철혈미인(鐵血美人)』『후회』『박명(薄命)』 단편소설 『죽음』 등을 비롯한 몇 편의 장편, 단편 소설들을 발표하였다. 1931년 김법린 등과 청년승려비밀결사체인 만당(卍黨)을 조직하고 당수로 취임했다. 한용운은 교우관계에 있어서도 좋고 싫음이 분명하여, 친일로 변절한 시인들에 대해서는 막말을 하는가 하면 차갑게 모른 체했다고 한다.

허민

許民. 1914~1943. 시인. 소설가. 경남 사천 출신. 본명은 허종(許宗)이고, 민(民)은 필명이다. 허창호(許昌瑚), 일지(一枝), 곡천(谷泉) 등의 필명을 썼고, 법명으로 야천(野泉)이 있다. 허민의 시는 자유시를 중심으로 시조, 민요시, 동요, 노랫말에다 성가, 합창극에까지 이르는 다양한 갈래에 걸쳐 있다. 시의 제재는 산, 마을, 바다, 강, 호롱불, 주막, 물귀신, 산신령 등 자연과 민속에 속하며, 주제는 막연한 소년기 정서에서부터 농촌을 중심으로 민족 현실에 대한 다채로운 깨달음과 질병(폐결핵)에 맞서 싸우는 한 개인의 실존적 고독 등을 표현하고 있다. 시 〈율화촌(栗花村)〉은 단순한 복고취미로서의 자연애호에서 벗어나 인정이 어우러진 안온한 농촌공동체를 형상화함으로써 시적 비전을 제시하고자 하였다.

에밀리 디킨슨

Emily Dickinson, 1830~1886. 19세기와 20세기의 문학적 감수성을 연결하는 역할을 한 소설가. 미국 매사추세츠 주의 작은 칼뱅주의 마을 애머스트에서 태어나 평생을 보냈으며, 평생 결혼하지 않다. 자연을 사랑했으며 동물, 식물, 계절의 변화에서 깊은 영감을 얻었다. 말년에는 은둔생활을 했으며 시작 활동을 했다. 디킨슨의 시는 매우 높은 지성을 표현하고 있으며 또한 뛰어난 유머 감각도 보여준다. 운율이나 문법에서 파격성이 있어서 19세기에는 인정받지 못했으나, 20세기에는 형이상학적인 시가 유행하면서 더불어 높은 평가를 받았다.

가가노 지요니

加賀千代尼. 1703~1775. 여성 시인. 원래 이름은 '지요조(千代女)'이나 불교에 귀의했기 때문에 '지요니'라고 불린다. 나팔꽃 하이쿠로 친숙하다. 바쇼의 제자 시코가 어린 지요니의 재능을 발견하고 문단에 소개함으로써 이름이 알려졌다.

고바야시 잇사

小林一茶. 1763~1828. 고바야시 잇사는 일본 에도 시대 활약했던 하이카이시(俳諧師, 일본 고유의 시 형식인 하이카이, 즉 유머러스한 내용의 시를 짓던 사람)이다. 15세 때 고향 시나노를 떠나 에도를 향해 유랑 길에 올랐다. 그 과정에서 소바야시 지쿠아로부터 하이쿠(俳句) 등의 하이카이를 배웠다. 잇사는 39세에 아버지를 여읜 뒤, 계모와 유산을 놓고 다투는 등 어려서부터 역경을 겪은 탓에 속어와 방언을 섞어 생활감정을 표현한 구절을 많이 남겼다.

다카이 기토

高井几董. 1741~1789. 일본 에도 시대의 하이쿠 시인이자, 마쓰오 바쇼의 시풍을 계승한 요사 부손의 주요 제자였다. 그는 교토에서 태어나 부손의 문하에 들어가 하이쿠를 배우며, 스승의 회화적 감각과 자연에 대한 섬세한 시선을 계승했다. 부손 사후에는 교토 지역에서 하이쿠 모임을 이끌며, 하이카이 문화를 발전시키는 데 기여했다. 그의 작품은 단순한 정취를 넘어, 자연과 계절의 미묘한 순간을 포착하고 때로는 해학적이거나 덧없음(無常, むじょう)을 표현하는 특징을 지닌다. 기토의 하이쿠는 회화적인 이미지와 감각적인 표현이 돋보이며, 짧은 시 속에서 자연과 인생의 허망함을 담아냈다. 그는 부손의 예술적 감각을 이어받으면서도 자신만의 섬세한 시선을 더해 독창적인 하이쿠를 남겼으며, 후대 시인들에게도 많은 영향을 끼쳤다.

마사오카 시키

正岡子規. 1867~1902. 일본의 시인이자 일본어학 연구가. 하이쿠, 단카, 신체시, 소설, 평론, 수필을 위시해 많은 저작을 남겼으며, 일본의 근대 문학에 지대한 영향을 주었다. 메이지 시대를 대표할 정도로 전형이 될 만한 특징이 있는 문학가 중 일인이다. 병상에서 마사오카는『병상육척(病牀六尺)』을 남기고, 1902년 결핵으로 34세의 젊은 나이에 사망한다.『병상육척』은 결핵으로 투병하면서도 어떤 감상이나 어두운 그림자 없이 죽음에 임한 마사오카 시키 자신의 몸과 정신을 객관적으로 사생한 뛰어난 인생기록으로 평가받으며 현재까지 사랑받고 있으며, 같은 시기에 병상에서 쓴 일기인『앙와만록(仰臥漫録)』의 원본은 현재 효고 현 아시야 시(芦屋市)의 교시 기념 문학관(虚子記念文学館)에 수장되어 있다.

마쓰세 세이세이

松瀬青々. 1869~1937. 일본 메이지 시대의 하이쿠 시인이자 하이카이 문예 운동가였다. 그는 오사카에서 태어나, 전통적인 하이쿠에서 벗어나 보다 현대적인 표현을 추구하는 시풍을 발전시켰다. 초기에는 전통적인 바쇼(芭蕉) 계열의 하이쿠를 따랐지만, 이후에는 시각적이고 감각적인 표현을 강조하며 새로운 스타일을 개척했다. 그는 하이쿠 잡지《아오조라(青空)》를 창간하여 하이쿠의 현대적 발전에 기여했으며, 후배 시인들에게도 큰 영향을 미쳤다. 그의 하이쿠는 자연을 섬세하게 묘사하면서도 강한 정서적 울림을 담고 있다. 예를 들어 "天の川に肩くみゆくや山の端(은하수 따라 어깨를 나란히 하고 가는 산의 능선)", 이 작품은 밤하늘과 자연의 조화를 감각적으로 표현한 시로 평가받는다. 그는 하이쿠에서

형식적인 제약을 넘어서 보다 자유롭고 현대적인 감성을 담고자 했으며, 이러한 시적 실험과 도전은 이후 일본 하이쿠의 발전에도 영향을 미쳤다.

마쓰오 바쇼

松尾芭蕉. 1644~1694. 하이쿠의 완성자이며 하이쿠의 성인, 방랑미학의 창시자로 불린다. 마쓰오 바쇼는 에도 시대 전기에 해당하는 1644년 일본 남동부 교토 부근의 이가우에노에서 하급 무사 겸 농부의 아들로 태어났다. 본명은 마쓰오 무네후사이고, 어렸을 때 이름은 긴사쿠였다. 아버지가 일찍 세상을 뜨자 곤궁한 살림으로 인해 바쇼는 19세에 지역의 권세 있는 무사 집에 들어가 그 집 아들 요시타다를 시봉하며 지냈다. 두 살 연상인 요시타다는 하이쿠에 취미가 있어서 교토의 하이쿠 지도자 기타무라 기긴에게 사사하는 중이었다. 친동생처럼 요시타다의 총애를 받은 바쇼도 이것이 인연이 되어 하이쿠의 세계를 접하고 기긴의 가르침을 받게 되었다. 언어유희에 치우친 기존의 하이쿠에서 탈피해 문학적인 하이쿠를 갈망하던 이들이 바쇼에게서 진정한 하이쿠 시인의 모습을 발견했고, 산푸, 기카쿠, 란세쓰, 보쿠세키, 란란 등 수십 명의 뛰어난 젊은 시인들이 바쇼의 문하생으로 모임으로써 에도의 하이쿠 문단은 일대 전기를 맞이했다. 부유한 문하생들의 후원으로 문학적으로나 경제적으로나 안정된 생활도 보장되었다. 37세에 '옹'이라는 경칭을 들을 정도로 하이쿠 지도자로서 성공적인 삶을 누렸으나 이내 모든 지위와 명예를 내려놓고 작은 오두막에 은둔생활을 하고 방랑생활을 하다 길 위에서 생을 마감했다.

아라키다 모리다케

荒木田守武. 1473~1549. 이세(伊勢) 하이카이의 선조. 전국(戦国)시대 내궁(内宮)의 신관(神職)이다. 내궁 네기(禰宜)인 소노다 모리히데의 9남으로 저명한 후지나미 우지츠네의 외손이다. 신궁의 세력이 아주 쇠약하던 중세 말엽, 정사위(正四位)·일네기(一禰宜)가 되었다. 신을 모시는 한편, 이이오 소기 소장을 존경하고 사모하여 하이카이(俳諧)·연가(連歌)에 관심을 두고 《신센츠쿠바슈(新撰菟玖波集)》에 투고했다. 덴분 5년(天文,1536)에 '초하루구나! 신의 시대도 생각나는구나'라고 읊었다. '가미지산 내가 지금까지 해온 일도, 앞으로 할 일도 산봉우리의 소나무 바람 소나무 바람'은 유명하다.

아리와라노 나리히라

在原業平. 825~880. 헤이안 시대의 귀족. 시인. 아리와라노 나리히라는 825년 헤이제이 천황의 첫째 황자인 아보 친왕과 간무 천황의 딸인 이토 내친왕 사이의 다섯째 아들로 태어났다. 따라서 나리히라는 헤이제이 천황의 손자이자 간무 천황의 손자이기 때문에 천황 가문의 적통이었다. 『삼대실록(三代實錄)』에 의하면 아리와라노 나리히라는 수려한 외모와 자유분방하고 정열적인 삶을 살며, 당시 관료에게 필요한 한문학보다는 사적인 연애 감정 등을 읊는 와카(和歌)에 뛰어난 인물이었다고 한다. 『고금와카집(古今和歌集)』에 그가 읊은 와카 30수가 실려 있고, 이 작품의 가나(假名, 일본 고유의 글자)로 된 서문에는 그의 정열적 가풍에 대한 평이 실려 있다. 와카 명인으로서 6가선, 36가선 중 한 사람인 그는 설화집『이세 모노가타리(伊勢物語)』의 주인공과 동일시되는 인물이기도 하다.

타네다 산토카

種田山頭火. 1882~1940. 일본의 방랑시인. 호후시 출신. 5.7.5의 정형시인 하이쿠(俳句)에 자유율을 도입한 일본의 천재시인이다. 그의 평생소원은 '진정한 나의 시를 창조하는 것'과 '누구에게도 폐를 끼치지 않고 죽는 것'이었다. 그리고 하이쿠 하나만을 쓰는 데 삶을 바쳤다. 겉으로는 무전걸식하는 탁발승이었지만, 어쩔 수 없는 한량에 술고래에다 툭하면 기생집을 찾는 등 소란을 피우며 문필가 친구들에게 누를 끼쳤다. 그래도 인간적인 매력이 많아 사람들에게 사랑받았다. 산토카를 모델로 한 만화 〈흐르는 강물처럼〉의 실제 주인공이다.

화가 소개

귀스타브 카유보트

Gustave Caillebotte. 1848~1894. 프랑스의 인상주의 화가. 프랑스 파리의 부유한 상류층 가정에서 태어났다. 1870년 변호사 시험에 합격했지만 법관이 되기를 포기하고 레옹 보나(Léon Bonnat)의 스튜디오에서 미술공부를 시작했다. 1873년 에콜 데 보자르에 입학했으며, 이듬해 아버지가 돌아가시자 막대한 유산을 상속받아 경제적인 어려움 없이 그림 그리기에만 전념할 수 있었다.

그는 사실주의 화풍을 공부하며 학문으로서 미술을 공부했지만 인상주의 화가들과 어울리며 그들에게서 많은 영향을 받았다. 1875년 〈마루를 깎는 사람들〉을 살롱전에 출품했으나 너무 적나라한 현실감 때문에 심사위원들로부터 거부당했다. 그는 1876년 제2회 인상파 전시회에 이 작품을 출품하고, 이후 몇 차례에 걸쳐 인상파전에 참여하며, 전시를 기획하고 재정적인 지원을 했다. 그가 도움을 주었던 가난한 인상파 화가들은, 마네, 모네, 르느와르, 피사로, 드가, 세잔 등이었다. 그가 소장하고 있던 67점의 인상파 작품을 사후에 프랑스국립미술관에 기증했으나 '주제넘은 기증'에 당황하여 수용 여부를 놓고 한바탕 논란이 있었다는 일화는 유명하다. 그 논란을 계기로 인상파 화가들은 대중에게 널리 알려지게 되었다.

카유보트는 고전적인 규범에서 벗어나 일상적인 파리의 모습을 주제로 그림 그리는 것을 좋아했다. 특히 길 위의 풍경에 관심이 많았던 그는 커다란 도로, 광장, 다리, 그리고 그 위를 걷고 있는 사람들의 모습을 화폭에 담으며 19세기 새롭게 변화하는 파리의 풍경을 재현했다. 그의 작품은 치밀한 화면 구성과 화면을 구성하는 각 요소들 간의 균형, 독특한 구도, 대담한 원근법의 사용 등을 특징으로 한다. 그리고 다른 인상주의 화가들과는 다르게 남성이 작품의 주제로 부상했다.

주요 작품으로는 〈창가의 남자(A Young Man at His Window)〉(1875), 〈마루를 깎는 사람들(The Floor Scrapers)〉(1875), 〈유럽 다리(The Pont du Europe)〉(1876), 〈비 오는 파리 거리(Paris Street, Rainy Day)〉(1877), 〈눈 쌓인 지붕(Rooftops Under Snow)〉(1878), 〈자화상(Self-portrait)〉(1892) 등이 있다.

파울 클레

Paul Klee. 1879~1940. 독일 화가. 현대 추상회화의 시조. 베른 근처 뮌헨부흐제 출생. 어려서부터 회화와 음악에 뛰어난 재능을 보였으며 바이올린 연주에 뛰어났다. 21세에 회화를 선택한 후에도 W. R.바그너와 R.슈트라우스, W. A.모차르트의 곡들에 심취하여 그들로부터 많은 영향을 받았다. 1898~1901년 독일의 뮌헨에서 세기 말의 화가 F. 슈투크에게 사사하기도 하였다. 1911년 칸딘스키, F. 마르크, A. 마케와 사귀고, 이듬해 1912년의 '청기사' 제2회전에 참가하였으나 1914년 튀니스여행을 계기로 색채에 눈을 떠 새로운 창조세계로 들어갔다.

청기사파, 바우하우스 등과 관계를 맺었으나 독자적인 노선을 걸었기 때문에 특정 미술 사조로 분류하기는 어렵다. 1921년 바이마르의 바우하우스 교수가 되었고, 후에 뒤셀도르프 미술학 교수가 되어 1933년까지 독일에 머물렀으나 독일에서는 나치스에 의한 예술탄압이 한창 진행되던 시기였다. 급진적인 정치 성향을 가진 클레는 나치가 정권을 잡은 후 바우하우스의 교수직을 박탈당했고, 100여 점 이상의 작품을 몰수당했다. 그러자 독일에 환멸을 느끼고 스위스로 돌아갔다.

그의 작품은 구상적인 미술양식과 추상적인 미술양식 모두를 따르고 있기 때문에, 어느 특정 미술 사조에 속한다고 단정지을 수 없다. 클레는 작품에서 엄격한 입방체와 점묘법, 그리고 자유로운 드로잉을 실험했으며, 그가 접했던 모든 미술 사조의 가능성을 탐색했다. 1914년에 그는 동료 화가들인 루이 무아예와 아우구스트 마케와 함께 아프리카 튀니지로 여행을 떠났다. 클레는 여행 중에 느낀 감상을 "색채와 나는 하나가 되었다. 나는 화가다." 라고 표현했다. 클레는 일찍부터 음악에 관심이 있었는데, 이는 그의 미술 작품의 형식에 영향을 주었다. 그는 〈빨강의 푸가〉(1921)와 〈a장조 풍경〉(1930) 같은 많은 작품들을 음악적인 구조로 정돈했는데, 마치 악보 위에 음표들을 배열하듯이 색채들을 정확히 배열했다.

저술에는 바우하우스에서 강의한 내용을 모은 『조형사고(造形思考, Das bildnerische Denken)』(1956) 『일기(Tagebücher)』(1957)가 있다. 작품수장집은 스위스의 베른미술관 내 클레재단에 약 3,000점이 소장되어 있다. 대표작으로는 〈새의 섬〉 〈항구〉 〈정원 속의 인물〉 〈죽음과 불〉 등이다.

차일드 하삼

Frederick Childe Hassam. 1859~1935. 미국의 인상주의 화가. 미국의 도시와 해안을 주로 그렸다. 3,000점이 넘는 그림, 유화, 수채화, 에칭, 석판화 등을 제작했으며 20세기 초 미국에서 가장 영향력 있는 예술가 중 한 명이었다. 그의 아버지는 미술품 및 골동품을 많이 소장한 성공한 사업가이며, 어머니는 미국의 소설가 너새니엘 호손의 후손이다. 어려서부터 미술에 관심이 있었고 드로잉과 수채화에 뛰어났으나 그의 부모는 초기에 그의 재능에 거의 주목하지 않았다. 고등학교를 그만두고 나무조각가로 일했으며 1879년경부터 초기 유화를 만들기 시작했으나 선호하는 장르는 수채화였고 대부분 풍경화였다.

1883년 보스톤의 윌리엄스 에버렛 갤러리(Williams and Everett Gallery)에서 열린 첫 개인전에서 수채화를 전시했다. 다음 해, 그의 친구들의 권유로 중간이름 없이, '차일드 하삼(Childe Hassam)'으로 활동했다. 또한 서명에는 항상 초승달 모양의 상징을 추가했는데, 그 의미는 알려지지 않고 있다. 정식 미술 교육을 받지 못했으나, 1886년 프랑스의 줄리앙 아카데미에서 구상적 드로잉과 회화를 공부했으며, 인상주의를 미국 미술계에 알리는 데 중요한 역할을 했다.

1880년대 중반, 하삼은 도시 풍경을 그리기 시작했다. 〈보스턴 커먼의 황혼(Boston Common at Twilight)〉(1885)은 그의 첫 번째 작품이었다. 미국의 미술평론가들의 반응은 냉담했으나 그는 크게 성공했고, 파리에서 생활하며 프랑스 예술가들과 교류하였다. 파리뿐만 아니라 유럽 여러 나라, 칠레 등을 여행하며 작품의 영감을 얻었다.

미국 인상주의의 선도적 역할을 했지만, 신인상주의와 후기인상주의로 전환될 때 뒤늦게 인상주의에 합류했다. 후기 작품 중에 가장 독특하고 유명한 작품으로는 '깃발 시리즈(Flag Series)'로 알려진 30여 점의 그림이 있다. 1916년 뉴욕 5번가에서 열린 미국의 세계1차대전 참전 퍼레이드에서 영감을 얻어 연작을 만들었다. 그중 〈빗속의 거리〉는, 2009년 재선에 성공한 오바마 미국 대통령이 자신의 집무실을 재정비하면서 걸어놓아 화제가 되었다. 1919년 하삼은 뉴욕의 이스트햄튼에 살았고, 1920년대부터 에드워드 호퍼나 로버트 헨리 같은 사실주의파에 합류하기도 했다. 1960년대 미국에서 인상주의 화풍이 부활하기 전까지, 하삼은 '비운의 버려진 천재'로 남았으나, 1970년대에 프랑스의 인상주의 작품들이 천문학적인 가격으로 거래되자, 하삼과 미국의 인상주의학파들은 다시 인기를 얻었다.

열두 개의 달 시화집
봄 필사노트

초판 1쇄 인쇄 2025년 2월 18일
초판 1쇄 발행 2025년 3월 1일

시 인 윤동주 외 33명
화 가 귀스타브 카유보트, 파울 클레, 차일드 하삼
발행인 정수동
발행처 저녁달

편집주간 이남경
편 집 김유진
표지디자인 Yozoh Studio Mongsangso

출판등록 2017년 1월 17일 제406-2017-000009호
주 소 경기도 파주시 문발로 142 니은빌딩 304호
전 화 02-599-0625
팩 스 02-6442-4625
이메일 book@mongsangso.com
인스타그램 @eveningmoon_book
유튜브 몽상소

ISBN 979-11-89217-44-0 03800

열두 개의 달 시화집 시리즈

1월 **지난밤에 눈이 소오복이 왔네** 클로드 모네 / 윤동주 외

2월 **나는 내 슬픔과 어리석음에 눌리어** 에곤 실레 / 윤동주 외

3월 **포근한 봄 졸음이 떠돌아라** 귀스타브 카유보트 / 윤동주 외

4월 **산에는 꽃이 피네** 파울 클레 / 윤동주 외

5월 **다정히도 불어오는 바람** 차일드 하삼 / 윤동주 외

6월 **이파리를 흔드는 저녁바람이** 에드워드 호퍼 / 윤동주 외

7월 **천둥소리가 저 멀리서 들려오고** 제임스 휘슬러 / 윤동주 외

8월 **그리고 지중지중 물가를 거닐면** 앙리 마티스 / 윤동주 외

9월 **오늘도 가을바람은 그냥 붑니다** 카미유 피사로 / 윤동주 외

10월 **달은 내려와 꿈꾸고 있네** 빈센트 반 고흐 / 윤동주 외

11월 **오래간만에 내 마음은** 모리스 위트릴로 / 윤동주 외

12월 **편편이 흩날리는 저 눈송이처럼** 칼 라르손 / 윤동주 외

스페셜 **동주와 빈센트** 빈센트 반 고흐 / 윤동주

스페셜 **백석과 모네** 클로드 모네 / 백석

열두 개의 달 시화집 일력 에디션 (스프링북. 매일 명화와 명시를 감상할 수 있는 만년 일력)

열두 개의 달 시화집 합본 에디션 (노출제본. 열두 개의 달 시화집 12권 합본집)

열두 개의 달 시화집 가을 필사노트

열두 개의 달 시화집 겨울 필사노트

열두 개의 달 시화집 봄 필사노트

열두 개의 달 시화집 여름 필사노트 (근간)